NIILISMO E NEGRITUDE
As artes de viver na África

Célestin Monga

NIILISMO E NEGRITUDE
As artes de viver na África

Tradução
ESTELA DOS SANTOS ABREU

Martins Fontes

© Presses Universitaires de France.
© 2010 Martins Editora Livraria Ltda., São Paulo, para a presente edição.
Esta obra foi originalmente publicada em francês sob o título *Nihilisme et négritude*.

Publisher	*Evandro Mendonça Martins Fontes*
Produção editorial	*Luciane Helena Gomide*
Produção gráfica	*Sidnei Simonelli*
Diagramação	*Casa de Ideias*
Preparação	*Mariana Echalar*
Revisão	*Ana Luiza Couto*
	Denise Roberti Camargo
	Dinarte Zorzanelli da Silva
1ª edição	*2010*
Impressão	*Imprensa da Fé*

Dados Internacionais de Catalogação na Publicação (CIP)
(Câmara Brasileira do Livro, SP, Brasil)

Monga, Célestin
  Niilismo e negritude : as artes de viver na África / Célestin Monga ; tradução Estela dos Santos Abreu. – São Paulo : Martins Martins Fontes, 2010. – (Coleção Dialética)

  Título original: Nihilisme et négritude.
  ISBN 978-85-61635-60-2

  1. África – Vida social e costumes 2. África – Civilização 3. África – Condições sociais 4. Ensaios sobre o modo de vida africano I. Título. II. Série.

10-01809   CDD-960.0072

Índices para catálogo sistemático:
1. Ensaios sobre o modo de vida africano   960.0072

Todos os direitos desta edição para o Brasil reservados à
Martins Editora Livraria Ltda.
Rua Prof. Laerte Ramos de Carvalho, 163
01325-030 São Paulo SP Brasil
Tel. (11) 3116.0000 Fax (11) 3115.1072
info@martinseditora.com.br
www.martinseditora.com.br

Aos grandes mestres:
Fabien Eboussi Boulaga, Eugène Ekoumou,
Jean-Marc Ela † e Ambroise Kom
Para Maélys e Kephren,
bússolas e anjos da guarda

Sumário

Introdução. Niilismo: variações africanas 11
    Um banto em sua terra 11
    Dor civilizada em Iaundê 16
    Gozo da não realização 19
    Além do mal e do pior 23
    Negritude, conformismo e dissidência 26
    O africano fantasmático: a questão da alteridade 31
    Cioran e Schopenhauer nos trópicos 35

I. Artimanhas do desejo. *Economia política do casamento* 39
    Artimanhas do desejo: o amor niilista 46
    Chercher la femme 50
    A memória da opressão 53
    Verdades do orgasmo 58

II. Como, logo existo. *Filosofia da mesa* 63
    Civilizar pelo prazer 67
    Estética dos prazeres e epicurismo social 73
    Ética e significado moral do gosto 76

III. Poética do movimento. *Visões da dança e da música* 81
    A dança: uma prece niilista 86
    A álgebra do mistério 91
    A precisão do caos 96

IV. O sabor do pecado. *Diálogo em torno do funeral de Deus* 103
    Crise de nervos no Vaticano 105
    Deus gozador ou Deus incompetente? 108
    Análise do custo-benefício da fé 111
    Marabutagem e feitiçaria 117

V. Ética dos usos do corpo. *Uma teoria do amor-próprio* 125
    O corpo que pensa 130
    O corpo que sofre 134
    O corpo reabilitado 138
    A beleza tirânica 142
    A escravidão assumida 145

VI. A violência como ética do mal. 151
    Da soberana surra nacional 154
    Disfarces da violência 156
    Pornografia do poder 159
    Metafísica política da surra 162
    Estetização do trágico 165
    A força dos fracos: uma ética do mal 169
    O dilema moral de Mandela 171
    Niilismo e violência privada 176

Conclusão. O niilismo para domesticar a morte 181
   Geodinâmica das emoções   183
   Gramática social do fúnebre   188
   Funeral lúdico   192

Introdução
Niilismo: variações africanas

Estou em Duala: nenhum outro aeroporto do mundo tem tal dose de absurdo pitoresco, de torpor agitado e de tanta amargura. A sala de controle da alfândega é tomada de assalto por personagens diversas que não se assustam com a umidade do ambiente. Como sempre, é preciso esperar uma eternidade para receber as malas. Vindas do mesmo voo, elas chegam em três esteiras diferentes – sem explicação. Os passageiros se atropelam sem a mínima consideração, correndo como loucos de uma esteira para outra. Em meio século de independência, parece que ninguém conseguiu convencer as autoridades de que é possível organizar as coisas de outro modo no maior aeroporto da África Central. Aqui, preciso pensar em Sony Labou Tansi, em Cioran, em Fernando Pessoa, para manter a calma, deixar de lado a raiva, pegar minha mala e afundar nas marolas impostas por essa desordem. Em um lugar onde funcionários e cidadãos mal--humorados comandam suas certezas, é péssimo querer dar lições.

Um banto em sua terra

O ar carregado de barulho e os odores noturnos da cidade mexem comigo. Felicidade injustificável de estar em um espaço geográfico que a consciência considerou arbitrariamente seu. Por mais que eu viaje pelo mundo e seja bem recebido em todos os lugares, nada substitui o prazer que experimento assim que piso o solo da República de Camarões. Encanto imediato, fascínio por esses lugares que pertencem à minha memória, emoções intraduzíveis, música indecifrável da alma, sentimento imperceptível de redenção e de eternidade.

Felicidade fugaz. Duala perdeu o encanto de antanho, aquele que se sente ao contemplar os velhos cartões-postais em preto e branco. A pauperização instalou-se encarniçadamente, inclusive nas mentes dos supostos administradores da cidade. Andando depressa para não sei qual encontro que de repente deixa de ser importante, vejo bem de perto muita rispidez. Em uma esquina ouço gritos anônimos que vêm dos velhos casebres de madeira, gritos às vezes desumanos aos quais ninguém dá atenção. Gritos de dor perdidos no burburinho da miséria, na viscosa tranquilidade da imensa dor coletiva que encobre a cidade.

Ponte no Wouri: espetáculo eloquente e simbólico da visão de mundo que se manifesta na cidade. Aqui, desconstrói-se o caos. Nenhuma sinalização de trânsito, nenhum senso de ordem, nenhuma poesia. Os motoristas parecem em transe, apressadíssimos. Ninguém tem a elegância ou a generosidade de dar passagem. Cada carro avança no menor espaço, sem se preocupar com a suposta direção do tráfego. Os motoristas de caminhões ou de outros veículos pesados têm, em relação aos carros menores, uma vantagem: seus para-choques de aço ou mesmo de lata enferrujada chegam às vezes a ser reforçados para causar o maior dano possível aos veículos que ousem não lhes dar prioridade. Todo mundo age assim. Seja qual for o nível cultural e a elegância da indumentária, os motoristas se igualam na agressividade. A miséria democratizou a imbecilidade. O calor úmido e o calçamento defeituoso acentuam a necessidade de furor. Olhares assassinos. Cruzam-se xingamentos e sorrisos. Um não esconde o desprezo pelo outro. Às vezes, com gestos obscenos e alusões maldosas às progenitoras ou à intimidade delas. Ameaças de morte. É a desumanização festiva. Embora tenha crescido nesse ambiente, preciso de alguns minutos para ajustar meus reflexos. Percebo a resignação otimista do meu intrépido motorista. Ele está acostumado.

O trânsito em Duala talvez seja o mais autêntico exemplo dessa civilização que se afoga em suas próprias miragens. Muitos séculos de opressão e cinquenta anos de independência pervertida geram modos de pensar e de agir muito especiais, deixam cicatrizes nas mentes. Imagino Cioran no meio dessa balbúrdia. Ele veria uma infinidade de motivos suplementares para escrever seus silogismos da amargura. Imagino também um psiquiatra japonês no meio de tal confusão: provavelmente desistiria da profissão para procurar outra menos difícil, distante de suas habituais competências. Funileiro, talvez?

Perambulando pelas ruas da cidade, ouço o silêncio ruidoso dos queixumes que são, quase sempre, o resultado da inação, a submissão ao terrorismo do desânimo. "Fazer o quê?" Frase que se ouve em toda a parte, expressão de marasmo físico e mental, é paradoxalmente seguida de uma agitação desenfreada que se manifesta até na explosão do setor informal: ela se espalha pelas calçadas, entope as ruas e marginaliza a economia oficial. Concluo que não se devem levar a sério as primeiras impressões de torpor definitivo. Os governantes, esclerosados em seu triunfalismo, deveriam desconfiar da aparente tranquilidade. Mesmo quando parecem anestesiados, os povos são capazes de explosões de cólera tão brutais e implacáveis quanto as tempestades tropicais.

Falando com gente de todas as classes sociais, percebo a iminência da revelação: sinto a pulsão e o risco sísmico de um tsunami político e social, apesar do entusiasmo por uma eventual competição esportiva. O grau de violência que rege as relações cotidianas – inclusive nas famílias –, a quantidade de preconceitos divulgados pela mídia, os mal-entendidos que as conversas carregam são tantos que é preciso ter sempre em mente as palavras do filósofo Fabien Eboussi Boulaga: "Ruanda é uma metáfora ou uma metonímia de toda a África, o que lá ocorreu tem a ver conosco". Temos de aprender a "pensar o impensável".

Na estrada. De vez em quando, policiais que, pelos trajes e pela pouca confiança que inspiram mais parecem malfeitores, param os carros a seu bel-prazer. Proibições arbitrárias, grandes humilhações, pequenas vexações e mil formas de tortura tecem o cotidiano do camaronês. Para recuperar o tino e um pouco de calma, ouço música: Lokua Kanza, voz que expressa melhor do que qualquer literatura os segredos da África que sofre. Música que me remete a Cioran: apesar de tudo, o paraíso deve existir, ou existiu – senão, onde se encontraria esta perfeição?

Kekem, vilarejo enigmático, na encosta da "Rodovia Nacional número 5", que se estreita à medida que avança. Apesar da bela paisagem, o lugar é de uma tristeza agressiva. Espantoso é que todos lá não estejam deprimidos. O bom humor dos moradores chega a parecer inconveniente. De repente, a estrada some sob um montão de terra e granito. Há meses um deslizamento do terreno provocou o afundamento de uma colina. A estrada está fechada. Dez casas ficaram soterradas. Desde então, as autoridades responsáveis e os políticos locais se reúnem de vez em quando para... discutir quais os possíveis assuntos a discutir. As chamadas telefônicas para os ministros encarregados dessas questões caem na caixa postal. O "presidente da República" está ocupadíssimo no golfe. Talvez esteja se preparando para enfrentar Tiger Woods. O Estado está vago. Todos devem compreender e assumir isso.

Um milionário local destinou parte de sua fortuna para a desobstrução de uma pista em torno do local do acidente, desvio que permite aos carros contornar o obstáculo. Pergunto se esse gesto de cidadania é um recado subliminar enviado às autoridades para ironizar sua incompetência. Garantem-me que não. O motivo de tal generosidade é a iminência de uma grande cerimônia fúnebre para a qual ele espera visitantes do mundo inteiro. Seria aborrecido que um deslizamento de terra impedisse os convidados de chegar a seu imenso castelo, situado a poucos quilômetros dali. Os camaroneses são fascinados pela morte – e por toda agitação que dê a ilusão de conjurá-la. Aliás, na entrada da cidade, duas enormes faixas postas bem no alto da pista desejam "Boas-vindas ao funeral de Papá X". Para celebrar suas cosmogonias e a ligação entre vivos e mortos, gente pobre se endivida para gastar nos funerais. Sempre achei que havia um gosto mórbido nessa estranha economia fúnebre. Mas quem sou eu para dar palpite na felicidade de alguém?

Quase meia-noite. Passeio noturno em Bana. A estrada íngreme guarda seus mistérios sob um imenso manto imóvel de neblina. Suavidade e majestade suntuosa da montanha mergulhada na penumbra. É tão intensa a beleza do momento que quase sufoco. Ausência luminosa de meus parentes, felizes recordações de meu pai e de minha mãe, enterrados ali, sob os meus pés. Dedicaram a vida a me transmitir a arte de medir um homem. Imagino-os circunspectos, indagando-se com um muxoxo dubitativo que tipo de cidadão me tornei, qual a qualidade da minha existência, da minha negritude, da minha filosofia de vida, daquilo que determina meu itinerário e, talvez, das minhas prioridades. Sempre senti muito a falta deles. Ferida íntima que carrego, com a qual viajo pelo mundo e que nunca vai sarar.

Seguindo para o sul, paro em Makénéné para comprar melancia. Como de costume, o carro é cercado por vendedoras de frutas de todas as idades que imploram aos viajantes que comprem um pouco de seus produtos orgânicos, símbolo de uma agricultura que respeita o meio ambiente, os lavradores e os consumidores. Essas vendedoras passam diariamente doze horas debaixo de sol ou de chuva para conseguir, com uma semana de trabalho, comprar um quilo de carne. Há também crianças que com certeza não frequentam a escola e cujo olhar mostra uma falta de inocência, uma indiferença que dói. A qualidade do que elas vendem faria felizes os consumidores de frutas do mundo inteiro, em especial os dos países árabes do golfo Pérsico, que buscam avidamente frutas frescas chegadas da África. Em cinquenta anos, os responsáveis pela economia do país nunca pensaram em aproveitar esse imenso mercado potencial. A enormidade de frutas que apodrecem na beira das estradas poderia ser transformada localmente, criar riqueza, emprego, valor agregado e, sobretudo, trazer sua parcela para o capital de dignidade nacional. Infelizmente, os que governam o país estão ausentes. O "presidente" continua jogando golfe. Tiger Woods que se cuide... Quanto aos ministros, esperam impacientes pela próxima mudança ministerial, o que ocorre no mínimo uma vez por ano.

Atravessando Bafia de carro na tarde ensolarada, tenho a impressão de estar em plena noite – o grande silêncio que embaça a mente. Vejo, é verdade, homens tranquilos diante de seus barracos e mulheres preparando a refeição da noite. Vejo também crianças que riem. Será que estão rindo do torpor da cidade? Ou achando tolice a felicidade obrigatória que eu, o indignado, quero impor-lhes?

Dor civilizada em Iaundê

A entrada em Iaundê é uma luta vigorosa contra o nada: agitação colorida e ruidosa, rua estreita, ausência de calçadas, buzinadas agressivas dos taxistas e de transportadores em busca de clientes, movimentos oblíquos de pedestres – alguns dão a impressão de estar sob o efeito de substâncias ilegais. Vejo por trás dessa energia desordenada a luta desproporcional do povo contra o desprezo oficial e a inutilidade.

 Centro da cidade. Quando fui ajudar o motorista a tirar do carro as caixas de livros, machuquei o indicador da mão direita. Não é de bom agouro uma hora antes do lançamento de um livro. Na tarde quente, o sangue escorre como se estivesse com raiva. Corro para a farmácia mais próxima à procura de um curativo. A dona me recebe com o costumeiro azedume enfezado dos comerciantes locais. Não, resmunga de cara fechada, não tem curativos. Vou a outra farmácia. Os vinte fregueses de todas as idades que esperam só têm uma ideia fixa: serem servidos antes dos outros. Os que chegam por último usam os cotovelos e passam por cima de quem aguarda para chegar até o caixa. Sem remorso, sem culpa. De terno e gravata ou de túnica e sandálias, ricos ou pobres, falando francês com sotaque parisiense ou gaguejando poucas palavras de *pidgin-english*, os fregueses se satisfazem com esse espetáculo aleatório de humilhação. Parece que o sofrimento lhes corre nas veias. Pergunto a um empregado da farmácia se não era melhor fazer uma fila. Ele me olha como se eu fosse um marciano...

 À tardinha. Momentos intensos na livraria onde autografo um livro. Não houve praticamente atraso no que estava programado – pequena façanha quase extravagante nessa cidade onde o tempo nunca teve a mesma duração que nos outros lugares. Enfrentando a umidade e resistindo às inúmeras e perversas tentações que a cidade oferece no início do *weekend*, lá estavam intelectuais camaroneses de todas as gerações, pacientes, curiosos, motivados, desejosos de entabular uma discussão franca comigo. Havia também curiosos sem a intenção de buscar um livro – objeto de luxo nos trópicos –, mas que queriam estar lá e participar, como eu, daquele momento precioso. O momento valia por si: na verdade, nada do que pudéssemos dizer tinha importância. A comunhão ecumênica de cidadãos diversos, envolvidos na conversa sobre eles mesmos e que queriam ser objeto da própria história em vez de fantasias de outrem (como gosta de dizer o sociólogo Jean-Marc Ela), era em si um instante de ventura.

Acima das idades e das opiniões políticas do público, estabelecemos um diálogo cidadão, às vezes defasado com o que julgo serem as preocupações mais urgentes desse povo ao qual estamos todos ligados. O encontro sob o retrato sorridente de Mongo Beti, dissidente emblemático desaparecido em 2005, era um símbolo do caminho que tem sido percorrido há quinze anos, apesar das hesitações do movimento democrático. Caçoando de um poder sonâmbulo que pensava ter conseguido nos amordaçar. Logo, as coisas evoluíram um pouco. A esfera pública – o lugar que, segundo Jürgen Habermas, ajudou a validar a noção de sociedade civil no Ocidente – tornou-se mais densa, mesmo que sub-repticiamente. As instâncias obscurantistas já não conseguem confiscar todos os espaços em que a palavra brota livre.

Mas não basta conseguir à força o direito de dizer. É preciso saber usar isso de maneira útil e pensar com eficácia. Nada fácil, em um contexto em que a miséria intelectual foi mantida por tanto tempo que chegou a impregnar os cérebros de gente com diploma. Hoje, a conversa foi cortês e as trocas foram intensas. Mas senti as sequelas da dor despótica que aferrolha as mentes. A cólera era "civilizada", mas bem presente. Manifestava-se contra um mal invisível, imanente, contra uma divindade misteriosa e destrutiva que se teria apoderado de nossa história, de nosso presente e de nosso futuro. Escorria das palavras proferidas, do ar quente da tarde, subia ao céu, agitava as ideias, animava os gestos, estremecia o timbre das vozes. Apologia da catástrofe, fascínio coletivo pelo efêmero: fiquei admirado com o cinismo tranquilo de meus compatriotas e sua necessidade de apontar em primeiro lugar os culpados de fora pelas dificuldades da República de Camarões e da África. Tentei responder às perguntas respeitando esse sofrimento interior, esse desespero, esse medo de si e do futuro que chega a passos largos. Imaginei meu finado pai escutando tudo aquilo com um ar sibilino, acendendo o cigarro e tomando cerveja para entender melhor a discussão. Nenhuma forma de niilismo seria surpresa para ele.

Gozo da não realização

Parado! Engarrafamento monstro a vinte quilômetros da entrada de Duala. Policiais, ainda mais negros pela terrível ação dos raios solares, gesticulam furiosos em uma cacofonia de apitos. O trânsito é interrompido nos dois sentidos. Sem nenhuma explicação oficial. Um motorista conta que o "primeiro-ministro" está visitando Duala e deve deixar a cidade a qualquer momento. "Por motivos de segurança", todos os carros estão parados há mais de uma hora. "É só esperar...".

Caminhando por entre a multidão amedrontada com a própria fraqueza, tento entender. Em um táxi, passageiros estão amontoados como cadáveres ambulantes em busca de uma sepultura comum. Entre eles, uma grávida de olhar vago. Imagino que esteja em dúvida se vale a pena pôr um filho neste mundo. Em torno dela, a mesma resignação. O motorista usa o colarinho da velha camisa para se abanar e suspira: "A gente fica se perguntando se Deus nos abandonou". Respondo que Deus tem mais o que fazer e espera que os cameroneses lutem pela própria sorte. Não adianta reclamar em voz baixa na poeira do sol.

Peço a um amigo que procure o número de telefone do responsável local da polícia. Tive a ideia de lhe mandar um ultimato: se as ruas não forem liberadas em meia hora, vou incitar meus companheiros de infortúnio e todos os que estão injustamente sofrendo como reféns sob o calor e a poeira a marchar para a cidade. Talvez sejamos apenas cinco, dez ou vinte pessoas, talvez levemos chumbo dos diligentes soldados com cara de bandido que estão barrando o trânsito, mas, ao rejeitar o arbítrio do niilismo oficial, mostraremos a esse "primeiro-ministro" e a seu subordinado que somos cidadãos livres sem medo de morrer.

Consigo achar o número do responsável da Segurança Pública. Não responde. Insisto. Uma secretária acaba atendendo e diz com voz cavernosa que "o patrão está ocupado". Peço que lhe transmita o recado: um grupo de cidadãos honestos, que pagam os impostos, não consegue entrar na cidade porque o "primeiro-ministro" ainda está lá. Afirmo que estamos decididos a não aceitar essa brincadeira de mau gosto e vamos desobedecer às ordens da polícia se a situação não for resolvida nos próximos minutos. Aviso também que há uma gestante passando mal em um táxi parado na rua. A secretária pede meu nome, número de telefone e que eu repita o recado. O que faço com toda a paciência. Depois de me ouvir, ela pergunta se tenho a intenção de "ameaçar as autoridades da República". Faço um esforço para me mostrar um digno leitor de Cioran e lembro-lhe que, no momento, o que ocorre é o contrário: as "autoridades" torturam tranquilamente cidadãos honestos cujo único erro é querer cumprir suas tarefas. Ela promete me chamar depois de falar com os superiores. Chamada que não se efetua.

Depois de um tempo interminável em que todo mundo continuou parado no meio da poeira, o lúgubre séquito do "primeiro-ministro" em questão passou em disparada, saindo da cidade como um ladrão ao fugir do banco que acabou de assaltar. A comitiva corre desabalada em um sinistro concerto de sirenes e buzinas. Fico pensando: do que é que essa gente que pretende governar e que se apoia no Exército tem tanto medo? Ou será mera demonstração de força? Todo poder decadente tem sortilégios aos quais se agarra para manter a confiança, para mentir a si mesmo. Pelo sorriso do meu motorista, entendo um pouco melhor a serenidade cínica de meus compatriotas. Diante do absurdo, várias atitudes são possíveis. Uma é organizar a revolta ativa, entrar em uma agitação vizinha da frivolidade. Em países onde os regimes políticos mostraram seu canibalismo, tal atitude não seria apenas ineficaz: seria, filosoficamente, bastante simplista e ingênua. Outra atitude é opor à imbecilidade um desprezo sutil, um riso de escárnio. Meu motorista é pela "estupidez lúcida" a que se refere Enrique Vila-Matas: em época de embrutecimento generalizado, o sábio deve fingir-se de idiota. Era o que dizia a personagem do tolo de Erasmo, em *Elogio da loucura*: no grande teatro da existência humana, cada um deve continuar desempenhando seu papel, com lucidez, sabendo usar a consciência cômica que convém a certas situações. Diante da arbitrariedade do poder, nem sempre o silêncio é cúmplice. Às vezes é elegância da alma e pedagogia da indiferença. Nunca imaginei receber do meu motorista tal lição de niilismo!

À noite, mais tarde. Um amigo boa-vida me leva à célebre boate *Le Privé*. Segundo ele, para entender direito os segredos de uma cidade como Duala, é preciso experimentar a vida noturna. Vou com alma de etnólogo. A barulheira da música é reforçada por um *beat* pesado e lancinante. Por mais que pareça alegre, soa como uma pulsão de morte em torno da qual dançarinos frenéticos mostram sua sede de vida. Nesse desejo coletivo de resolver um forte déficit de delírio, as mulheres são as mais desvairadas. Seus movimentos chegam a sugerir uma necessidade de síncope, um desejo de perder os sentidos, uma renúncia ao aqui e agora. Olhando para elas, abstraio-me da música e procuro as possíveis razões de tantos transes, requebros, do afã que têm de deixar o próprio corpo para talvez mergulhar na atmosfera ilusória da noite. O que Fernando Pessoa teria pensado de tal niilismo da volúpia?

"Eles ignoram que o paraíso e o inferno são eflorescências de um segundo, de um único segundo", diz Cioran. A gente se satisfaz com a centelha de um instante. Percebo em certos olhares vagos e ausentes o hábito da dor, das cicatrizes e dos tormentos da vida cotidiana, e o medo de ver o destino passar muito rápido. Sem o luxo de contar com o futuro, essa gente tem medo do tempo e se atira de corpo e alma nas mínimas chances que o instante presente oferece. Fogem como desesperados do passado e buscam migalhas de felicidade nos eflúvios etílicos. A fumaça também os ajuda a disfarçar a tristeza. Alguns seguram ostensivamente enormes charutos – Montecristo nº 2 – que lhes dão autoconfiança. Parecem encontrar prazer na própria não realização. Entalado em um terno meio puído, um vizinho de mesa serve febrilmente champanhe à sua parceira e dá-lhe um beijo distraído de vez em quando, sem deixar de ameaçá-la por eventuais falhas de comportamento. Observando-o, penso no imperador Calígula: sempre que beijava a esposa ou as amantes no pescoço aproveitava para lembrar-lhes que tinha o poder de mandar cortá-lo...

Minha estada termina em correria, na evidente frustração de não ter tido tempo nem para mim nem para os outros – e sobretudo de não ter captado outras manifestações dessa filosofia existencial que é talvez a última encarnação da negritude. Quando retornei a Washington, um amigo me perguntou o significado de todas as imagens que gravei na memória. O que pensar desse meu país que vive há tanto tempo abaixo de seus recursos e que é, sob vários aspectos, uma metáfora não só da África subsaariana, mas também do que se convencionou chamar de mundo negro? Como ajudar a preencher as lacunas de percepção, de amor-próprio, de autoconfiança e de liderança que anestesiam as mentes e diluem os sonhos de felicidade? Enquanto conversamos, olho pela janela. Os arbustos estão parados no verde intocado de um inverno suave. Limpos e esterilizados. Meus vizinhos norte-americanos não se preocupam com questões metafísicas. Levantam-se todas as manhãs e cumprem seu dever. Aliás, exatamente como Mami Madé, minha avó que ficou na aldeia. Mas, no universo onde ela vive, os costumes são por enquanto bem diferentes dos valores predominantes na América do Norte.

Convém, pois, tentar compreender as escolhas objetivas e o desejo de liberdade de meus compatriotas. Compreender a ineficácia do ardor ético na África. Explicar a propensão ao cinismo na ação individual e coletiva, essência da vida cotidiana em diversas esferas do universo negro. Refletir sobre as hipóteses filosóficas que sustentam a defasagem de itinerário entre o nosso universo e o mundo.

Além do mal e do pior

As frases e os episódios arbitrariamente reunidos aqui, ao sabor de minhas peregrinações no país, ilustram algo bem diferente da pobreza material. Parecem menos flagrantes, mas refletem outros aspectos da miséria existencial que caracteriza as transformações sociais que vêm ocorrendo na África. O debate intelectual sobre os comportamentos observados, suas causas e consequências, tende a esquecer a complexidade dos fenômenos observados e, sobretudo, as questões filosóficas subjacentes. Em geral, reduz-se a uma conversa de surdos entre representantes de diversas igrejinhas ideológicas.

O que é dito, afinal? Em geral, dois tipos opostos de discurso sobre a África e sobre o mundo negro[1]. De um lado, há um certo estruturalismo que explica o caos e a pauperização do continente por fatores históricos, políticos e econômicos (escravatura, colonização, exploração, dependência, ditaduras e má gestão). Os teóricos do estruturalismo destacam o peso das injustiças e do arbítrio histórico na desestruturação e na transformação das sociedades africanas em *commodities*, assim como a edificação de uma ordem internacional destinada a instrumentalizá-las, a marginalizá-las da economia mundial. Essa literatura lamurienta, marcada pela amargura, é própria de intelectuais de esquerda.

A segunda visão da África é a dos culturalistas, para quem as dores do continente são decorrência sobretudo de escolhas pessoais, de decisões individuais ou coletivas e de comportamentos. Levando em conta que o mundo negro nunca teve o monopólio do sofrimento e da injustiça, eles lembram que outras comunidades souberam vencer as maldições da história e sair da opressão. Mas os africanos se fecharam em um nacionalismo primitivo ou em um azedume estéril referente ao passado, fazendo figura de eternas vítimas diante do mundo que só têm a oferecer à consciência da humanidade queixumes e amargor. Seriam povos que zombam do

---

[1] O mundo negro, categorização geográfica e histórica forçosamente controvertida, inclui não só as populações subsaarianas, mas também as das diásporas impostas ou sofridas desde que se iniciou o tráfico de escravos. Não surpreende, portanto, que os discursos sobre a África atual retomem muitas vezes o que foi dito, por exemplo, na América, a respeito dos afro-americanos. Cf., por exemplo, a análise de Cornel West, *Race Matters* (Boston, Beacon Press, 1993).

azar a ponto de banalizar a tragédia, como diz Cioran. A capacidade de se habituar ao mal e a aceitação passiva do pior seriam simplesmente a consequência lógica de uma atitude filosófica que rejeita a noção de responsabilidade pessoal.

Portanto, uma dicotomia simplista opõe, de um lado, o humanismo às vezes meloso dos "estruturalistas" (progressistas), que tendem a infantilizar os povos africanos, achando justificativas externas para todos os males do continente, e, de outro, o desprezo dos "culturalistas" (conservadores), que os consideram comunidades inclinadas ao sadomasoquismo e ao cinismo. Esse face a face oferece sobretudo visões caricaturais do continente. Primeiro, porque é ilusão tentar discernir as causas externas e internas da crise moral e política que o mundo negro vive há quase quatro séculos. As ordens de valores e as normas sociais que determinam o arcabouço ético, os comportamentos e a cultura de um lugar estão indissoluvelmente ligados às dinâmicas políticas e econômicas vigentes. Depois, a distinção entre fatores estruturais e culturais também é arbitrária. As instituições que ditam e sancionam regras e comportamentos (famílias, escolas, organizações religiosas etc.) são constantemente influenciadas pelas estruturas políticas e econômicas em vigor e vice-versa.

Mais importante: esse debate focaliza os clichês habituais referentes ao mundo negro e ainda os amplia. Estruturalistas e culturalistas insistem mais nos sintomas do que nas causas da crise. Assim, tanto uns quanto outros desfiam, para deplorar ou aceitar, o hábito da penúria, o miserabilismo das elites aproveitadoras e superficiais, o hedonismo do pobre, a eterna necessidade de diversão, a aceitação passiva de uma existência de segunda classe, o ódio crônico e a raiva social calada que parecem fazer parte do tecido social, as repetidas crises de violência que marcam a paisagem política, o desespero permanente, o gosto pelo sadomasoquismo e a tentação não assumida do suicídio coletivo... Desse modo, escamoteia-se a questão filosófica subjacente, ou seja, a justificação profunda das atitudes e costumes que aparecem em todo o mundo negro.

Ora, para compreender certas dinâmicas sociais e políticas da vida cotidiana na África subsaariana e no seio da diáspora, é preciso ir além das patologias que costumam ser consideradas e expostas com condescendência. É preciso abandonar a leitura paternalista e superficial das dificuldades da África e dos africanos e explorar seriamente o substrato filosófico e os esquemas de raciocínio que se ocultam por trás dos comportamentos mais banais da vida cotidiana. É preciso fazer isso sem ceder às generalizações abusivas que não partem de uma base sólida. É o maior erro cometido pelos pioneiros do movimento chamado negritude, que pretendia celebrar desde o fim dos anos 1920 os valores negro-africanos.

Negritude, conformismo e dissidência

"Negritude" é um termo emperrado por sua própria história. Convém delinear-lhe bem o contorno antes de utilizá-lo. Surgiu pela primeira vez com Aimé Césaire, em 1935, em um artigo da revista *L'Étudiant noir*, designando um movimento literário e político. Tentava expressar "o conjunto dos valores culturais do mundo negro", como disse Léopold Sédar Senghor, e usar esses valores como base para a revalorização da humanidade contestada dos povos negro-africanos. Definia, ao mesmo tempo, portanto, uma atitude de altivez filosófica e a nervura intelectual de um movimento político de reconhecimento de um povo oprimido e que estava, ainda, sob o jugo colonial. É, aliás, impossível avaliar o impacto da negritude sem ressituá-la no contexto de sua gênese histórica.

Seus adeptos inseriam sua ação no silo de uma velha tradição negra norte-americana de dissidência e de valorização de uma identidade aviltada pelo tráfico negreiro e pela escravidão[2]. O termo "negritude", estandarte dessa revolta, retomava em francês a ideia de *blackness*, já em voga em autores norte-americanos como Langston Hughes, Richard Wright e outros animadores da *Harlem Renaissance*[3]. A negritude era, pois, na origem um vetor de reapropriação da dignidade dos povos oprimidos. Prefaciando em 1948 *Anthologie de la poésie nègre* [*], publicada por Senghor, Jean-Paul Sartre se entusiasmou muito com essa fala de gente que ficara amordaçada por muito tempo e afirmou com adorável ingenuidade: "A poesia negra é angelical, anuncia a boa nova; a negritude foi reencontrada". Tal angelismo não poderia continuar inocente por muito tempo. Ao se posicionar como movimento de reação à dominação branca, a negritude se apoiava na visão idílica e luxuosa de um mundo negro que, na realidade, nunca existira. A negritude, como simples recusa do sofrimento e exaltação da alegria de dançar e de reivindicar a "personalidade negra", permitia aos novos líderes políticos e às elites africanas oferecer-se um lugar ao sol. Mas, precisamente porque focalizava a questão da raça, ocultava, por exemplo, os problemas de classe.

---

[2] Cf. Tommie Shelby, *We who are Dark: The Philosophical Foundations of Black Solidarity* (Cambridge, (Mass), Harvard University Press, 2005).

[3] *Harlem Renaissance*, nome do célebre bairro negro de Nova Iorque, era o título da antologia *The New Negro*, de 1925, organizada por Alain Locke e que reunia textos de intelectuais e de artistas negros desejosos de apresentar ao mundo uma amostra da efervescência cultural e da liberação do imaginário negro norte-americano.

[*] L. S. Senghor, *Anthologie de la nouvelle poésie nègre et malgache de langue française* (Paris, PUF, 1948). (N. T.)

No fim da década de 1960, Césaire, o antilhano, tentou recolocar a negritude em seu contexto histórico, insistindo no papel de ligação entre grupos da população que partilham uma história comum cheia de sofrimento e humilhação:

> É um movimento que afirma a solidariedade dos negros da diáspora com o mundo africano. Vocês sabem, ninguém é negro impunemente, e seja ele francês – de cultura francesa – ou de cultura americana, há um fato essencial, a saber, que ele é negro, e é isso que vale. Eis a negritude. É uma afirmação de solidariedade. Primeiro, no tempo, com nossos antepassados negros e esse continente de onde saímos (faz três séculos, não é tanto tempo assim) e, depois, uma solidariedade horizontal entre todas as pessoas que de lá vieram e têm essa herança comum. E achamos que essa herança conta, ainda pesa em nossas costas; então, não se deve renegá-la, é preciso fazê-la dar frutos – por vias diferentes, sem dúvida –, em função do atual estado de fato – e diante do qual devemos reagir [4].

A negritude, portanto, como destaque de uma experiência particular de vida própria de povos disseminados pela África, pelo Caribe, pelas Américas e pela Europa. A negritude como atualização de um patrimônio de humanidade que séculos de uma história sangrenta não apagaram completamente. A negritude como um *aggiornamento* filosófico necessário à restauração de um imaginário ferido pelas injustiças da opressão, mas sempre capaz de se reinventar para enfrentar as necessidades e urgências do momento.

Tais considerações não impediram muitos intelectuais africanos de criticar os fundamentos raciais da negritude nem de denunciar

---

[4] Entrevista para o *Magazine Littéraire*, 1969.

sua ineficácia e inutilidade. "O tigre não proclama sua tigritude, ele apanha sua presa e a come", afirmava o nigeriano Wole Soyinka... O fato de Senghor, ao ter-se aposentado como presidente do Senegal, já estar na Normandia e terminar sua trajetória filosófica na Academia Francesa permitiu aos críticos da negritude concluir que o movimento era na realidade um gesto de intelectuais africanos complexados, buscando sua validação no olhar dos outros. A negritude não passaria de uma forma de conformismo, uma pseudodissidência que sonha aproximar-se de uma misteriosa norma de humanidade definida pelos ex-colonizadores.

"Pertenço ao dia claro", proclama o poeta camaronês Paul Dakeyo, um dos mais ferrenhos críticos da negritude de Senghor. Quanto a mim, pertenço à geração de africanos nascidos logo após a onda de independências e não me sinto ligado às querelas identitárias e bizantinas forjadas em torno da raça negra. Além do essencialismo das teorias raciais e da ilusão de solidariedade ligada à suposta cor da pele, há sobretudo a incansável erosão do tempo. De fato, o que tem a ver a filosofia de vida de um milionário afro-americano de Chicago como Oprah Winfrey e a dos senegaleses emigrados que vendem bibelôs nas ruas de Nova Iorque ou de Dacar? O que há de comum entre um Barack Obama – filho de pai queniano que praticamente não o conheceu e de mãe norte-americana do Kansas, que o criou no Havaí e na Indonésia – e seus irmãos e primos de Nairóbi dos quais ignorava a existência e com quem nunca se relacionou? Qual é o significado da biologia em um mundo onde o preto e o branco aparecem agora em uma gama infinita de cores? O mito da homogeneização racial do mundo negro e das visões de mundo dela decorrentes não resiste à análise.

Os africanos de hoje são, muitas vezes, cidadãos do mundo, mesmo que não tenham deixado a terra natal. O progresso tecnológico e o desenvolvimento da comunicação permitem que camponeses do Mali conheçam em tempo real as decisões e os comportamentos dos plantadores de algodão do Zimbábue ou da Índia. Da mesma forma, os estudantes camaroneses podem fazer pela internet todos os cursos de economia dados pelos professores do Massachusetts Institute of Technology, em Boston. Militantes dos direitos humanos de Gana podem acompanhar praticamente ao vivo pela televisão a evolução da situação política em Darfur ou na Etiópia. O mundo é bem mais acessível que há meio século. Consequência: nossos imaginários absorvem, muito mais do que se pensa, o patrimônio filosófico deste mundo do qual fazemos parte. A negritude como filosofia de vida não pode ser hoje o que era ontem. Por isso, o historiador Achille Mbembe fala de um "afropolitanismo", que designaria a emergência de uma nova sensibilidade cultural, histórica e estética,

> da consciência dessa imbricação do aqui e do alhures e vice-versa, a relativização das raízes e dos pertencimentos primários, e o modo de aceitar, com pleno conhecimento de causa, o estranho, o estrangeiro e o distante, a capacidade de reconhecer a própria face no rosto do estrangeiro e de valorizar os traços do longínquo no próximo, de domesticar o in-familiar, de trabalhar com aquilo que tem toda a aparência de contrários [5].

Como milhões de africanos, sinto-me herdeiro dessa longa tradição de trocas que invalida qualquer fetichismo biológico e racial. As civilizações não são partículas químicas estanques. É verdade que algumas administram melhor do que outras o processo de

---

[5] A. Mbembe, "Afropolitanisme", *Le Messager* (Duala, dez. 2005).

fusão-absorção. Ninguém vai dizer, por exemplo, que a China deixou de ser "chinesa"porque, em cinco mil anos de história, integrou costumes da Ásia Menor ou do Japão. A imbricação do aqui e do alhures em cada um de nós é fato inegável, mas não se efetua com a mesma intensidade por toda a parte e seus resultados não são uniformes. O fenômeno que consiste em fundir-se em culturas vindas de fora não atinge todo mundo e, certamente, não com a mesma intensidade. Além disso, se todos os cidadãos do mundo tivessem a mesma bagagem cultural, em breve todos nós seríamos idênticos. A mestiçagem cultural perderia a razão de ser. Eu me defino, portanto, como cidadão do mundo, mas, apesar de tudo, africano. É a partir da perspectiva dessa "africanidade" sincrética (ou, se preferirem, dessa nova negritude) que ajo, observo meus semelhantes e interpreto seus pensamentos.

O africano fantasmático: a questão da alteridade

Africano, portanto. Mas quem sou, exatamente? Africano da grande diáspora ou do continente? Quem somos? Como sabemos o que somos? Que critérios indiscutíveis nos definem hoje? Que dose de arbitrariedade é aceitável nessa categorização imposta pelos outros ou por nós mesmos? Como pensar a questão da alteridade nesta aldeia global onde a África não passa, aliás, de uma invenção, como argumentam com talento o filósofo ganense Kwame Anthony Appiah e o filósofo congolês Valentin Y. Mudimbe[6]? Convém abordar esses assuntos com cautela, evitando tanto as armadilhas do raciona-

---

[6] K. A. Appiah, *Na casa de meu pai: a África na filosofia da cultura* (Rio de Janeiro, Contraponto, 1997); V. Y. Mudimbe, *The Invention of Africa: Gnosis, Philosophy and the Order of Knowledge* (Bloomington, Indiana University Press, 1988).

lismo identitário como o universalismo superficial dos que creem que os cidadãos de Duala, Bamako, Copenhague ou Tóquio têm a mesma história e dão os mesmos significados a seus comportamentos.

> Todos, tal como somos, descobrimos em dado momento nossa existência como algo singular, intransferível, precioso. Essa revelação ocorre quase sempre na adolescência. A descoberta de nós mesmos é perceber que somos sós; entre o mundo e nós eleva-se de repente uma barreira impalpável e transparente: a da nossa consciência[7].

Essas palavras de Octavio Paz delineiam o quadro de toda meditação sobre si e os outros. A experiência de algo vivido em comum é importante. Mas não conseguirá apagar totalmente o labirinto da solidão, que é o mínimo múltiplo comum da experiência humana. Por isso, a negritude original, como toda categorização precipitada e, sob certos aspectos, totalmente artificial, sofreu vivas críticas. Seu postulado nativista de solidariedade ligada à cor da pele, suas elaborações raciais e sua exploração com fins políticos por políticos profissionais sem fé nem lei justificavam todas as indignações.

Mas, hoje, falar de maneira sensata da África e do mundo negro é superar a polêmica e o palavreado para explorar os critérios dessa subjetividade que se reivindica às vezes ruidosamente nos modos de pensar, nas filosofias (provisórias) de vida, nas normas, nos costumes e nas práticas sociais. Essa alteridade artificial, mas pacientemente construída, reivindicada e assumida, é bem forte em muitos africanos, sobretudo nesta época em que a aceleração da globalização força o continente negro a se voltar para si mesmo.

---

[7] O. Paz, *Le labyrinthe de la solitude* (Paris, Gallimard, 1972), p. 11. [Ed. bras.: *O labirinto da solidão e post scriptum*, 4. ed., São Paulo, Paz e Terra, 2006.]

É preciso decidir-se a enfrentar a quadratura do círculo à qual se está confrontado e compreender, como Antonio Machado, que "o outro não existe", porque ele é nós mesmos. Ou que a imagem de si, a desse desconhecido que vemos todos os dias de manhã no espelho do banheiro, é talvez bem mais indecifrável e distante do que a do vizinho ou das pessoas que encontramos diariamente na rua. Na vida real, esse outro que julgamos fictício nunca se deixa intimidar ou eliminar. Como as personagens dos filmes de ficção científica cujo herói pensa, a cada confronto, ter vencido, ele cola depressa os pedaços de seu misterioso corpo e retorna poderoso, quase sempre no momento que menos se espera. Ele "subsiste e persiste; é aquele osso duro de roer no qual a razão gasta os dentes". Será então preciso aceitar "a essencial heterogeneidade do ser" ou "a incurável alteridade da qual sofre o um"? Talvez seja melhor levar tudo com calma e tentar compreender a consciência aguda que cada um tem de sua singularidade. Mas é prudente não esquecer a advertência de Octavio Paz: "O que nos pode distinguir dos outros povos não é a originalidade sempre discutível do nosso caráter – fruto, sem dúvida, de circunstâncias variáveis –, mas sim a originalidade de nossas criações"[8]. Tal me parece, aliás, a condição de uma ética da diferença.

A intenção desta reflexão não é oferecer uma filosofia africana da existência, mas propor maneiras de ver e de agir dentro de grupos restritos que, com ou sem razão, reivindicam a consciência de serem africanos ou de pertencerem ao mundo negro. Não desconheço os riscos e os obstáculos de tal empreitada. Mas julgo possível ter uma visão do continente negro que evite tanto as barreiras e os impasses conceptuais do nativismo dos que imaginam a África

---

[8] Ibid., p. 12.

como um todo homogêneo e biorracial, quanto a "autenticidade cultural africana" que continua a ser invocada pelos saudosistas de um paraíso perdido. Para tal, a distinção que o sociólogo afro-americano Orlando Patterson faz entre identidade "pesada" e identidade "leve" me parece útil: aqui, a identidade pesada designa a base filosófica de promoção de uma autonomia de raciocínio "à africana", única e exclusiva, que procura legitimar uma vulcânica racionalidade da diferença. Não é com certeza a finalidade desta reflexão. A identidade leve, de contornos deliberadamente mais incertos, refere-se a uma visão partilhada de interesses coletivos, a algo de inclusivo que permite aos africanos de todos os horizontes tirarem lições das feridas e das cicatrizes de sua história comum para poderem imaginar e construir um futuro aberto.

Que os leitores preguiçosos ou apressados não busquem neste livro a silhueta tenebrosa de um cidadão africano exclusivamente definido, nem os sinais de uma misteriosa racionalidade específica da África, nem os estigmas filosóficos da noção vaga e instável de identidade coletiva. As solidariedades de grupo que sustentam as visões niilistas aqui analisadas não são exclusivas nem imutáveis. Em um mundo cada vez mais interacionista, elas nada têm de biológico ou racial. Os niilismos africanos são, aliás, incompatíveis com a existência de uma racionalidade africana única, imóvel e imanente. Destacam a necessidade de apreender uma diversidade de ações dinâmicas voltadas para a razão. Racionalidades "por baixo" (as das populações) como postulados essenciais dos que gostariam de aceder às infinitas verdades filosóficas desse continente que ficou muito tempo manietado em nome de um suposto saber vindo "do alto" (o das elites), de um povo mantido fora de sua própria história.

É claro que seria ingênuo negar a herança da negritude e do nacionalismo nas mentalidades, e que certos cidadãos da África ou da diáspora continuam a sonhar com a existência de uma cultura africana, se não estanque, ao menos específica, que serviria de base às identidades individuais e coletivas. Não refuto a ilusão de formas distintas de produções culturais africanas que refletem modos de ver o mundo e de argumentar em certas situações. Mas meu intuito é analisar os modos de gestão psicológica desse legado intelectual e mostrar que os povos africanos tomam a liberdade ou de se adaptar a isso ou de recusar, e até reinventar, esses modos de gestão através de diversas formas de niilismo.

Cioran e Schopenhauer nos trópicos

Schopenhauer provavelmente não conhecia os guetos afro-americanos de Los Angeles. Nietzsche não deve ter tido muitos leitores na Zâmbia. As músicas pagãs de Salvador da Bahia não eram conhecidas de Cioran, e ele nunca esteve no Brasil, no Mali ou na República de Camarões. Thomas Bernard não elaborou suas ideias sobre o imperativo de suicídio passeando pelas ruas de Adis-Abeba ou de Kinshasa. Mas as diferentes variantes de suas filosofias niilistas são lá praticadas diariamente por homens e mulheres desejosos, como eu, de viver de outro modo sua negritude. O objetivo deste livro é apresentar alguns aspectos dessa abordagem da existência muito em voga atualmente em todo o mundo negro. O niilismo é um desses conceitos filosóficos que significam tantas coisas diferentes que acabam suscitando confusão. Vamos tentar esclarecer a tese aqui exposta, lembrando algumas concepções do niilismo. A primeira refere-se à etimologia da palavra (*nihil*, "nada", em latim) e remete ao que Paul Bourget chamava "um mortal cansaço de viver, uma melancólica percepção da futilidade de qualquer esforço". A história, em geral trágica, dos quatro últimos séculos oferece matéria suficiente aos africanos do continente e da diáspora para alimentar sua cólera. Aliás, esse cansaço mortal de viver foi o capital dos diversos movimentos revolucionários, do "fundamentalismo negro-americano" de Marcus Garvey às teorias radicais da violência dos Panteras Negras. Foi também o fermento do "nacionalismo pragmático" de Martin R. Delany, militante abolicionista negro americano do século XIX e fundador do nacionalismo negro, e ainda da negritude definida como explosão de cólera positiva e transformadora.

Outra abordagem do niilismo consiste em celebrar o absurdo e o nada, a ponto de desprezar não só toda tentativa de mudar a sociedade, mas também a justificação de toda ação. É a metafísica de Nietzsche, a da morte de Deus e da caducidade dos valores que orientam o agir humano, a do pessimismo e da vacuidade, e que, no entanto, nos torna capazes de "amar a vida sem que haja razão para isso", como diz Raphaël Enthoven. Muitos africanos de todas as condições sociais não precisaram se impregnar dos aforismos de Cioran para cultivar o cepticismo, assim como uma inconsolável melancolia. Isso não os impede de sobreviver à angústia, de rejeitar o suicídio – essa alusão a um mundo melhor pós-morte.

Uma terceira leitura do niilismo, derivada da precedente, é a necessidade de se fixar uma finalidade na vida, apesar da evidente inutilidade, e de elaborar uma filosofia de existência mesmo quando se sabe que tudo tem o mesmo início e o mesmo fim e que caminhamos todos para a morte. Com base nisso, muitos de meus compatriotas camaroneses e milhões de outros cidadãos africanos através do planeta mantêm o desprezo por toda transcendência. Confrontando os deuses e os diabos produzidos pelos imaginários humanos e governados pelas instituições teológicas que dominam o mercado da fé, eles celebram a insensatez da existência e participam com notável talento e criatividade da construção desse "niilismo ativo" a que se referem Gianni Vattimo e outros.

Essas diversas variações do niilismo permitem dar um sentido às imagens que observo em meu país, harmonizá-las com paradigmas filosóficos nele prevalentes. Talvez ajudem também a compreender a banalidade dessa África e desse mundo negro que alguns se obstinam, em nome de uma alteridade incoercível, em manter à margem das ideias do mundo. Mas o fato de colocar certos comportamentos em uma perspectiva apropriada e identificar as diversas formas de niilismo que se podem associar hoje aos modos de pensar e à negritude não passa de uma etapa da reflexão filosófica sobre o mundo negro. Que há de anormal nisso? "Hoje de manhã, *pensei* durante uma hora, ou seja, aumentei um pouco mais minhas incertezas", diz Cioran[9].

Uma palavra, enfim, sobre a liberdade metodológica que assumo neste livro. A negritude como condição africana hoje, regularmente caricaturada pela mídia e reduzida a uma triste sinfonia do sofrimento, é na realidade objeto de grande intensidade filosófica. Os cidadãos comuns de Duala ou Bamako não discutem diretamente metafísica ou epistemologia. Mas costumam interrogar diariamente seus atos e tentam inserir suas decisões e ações em uma filosofia moral – portanto, em uma ética – que merece atenção. Convém perceber essa sede inextinguível de moralidade que governa os comportamentos que seriam julgados *a priori* os mais "imorais", para "abrir os olhos dos ingênuos" e extrair a verdade que às vezes trazem escondida sob suas mentiras. Trata-se de utilizar, de certo modo, a microfilosofia para decifrar o absurdo. É, portanto, um caminho transverso que se usa aqui: não pela apresentação de

---

[9] Cioran, *Cahiers: 1957-1972* (Paris, Gallimard, 1997), p. 132.

uma teoria geral e de um sistema de raciocínio, mas por detalhes, em sequências, de forma quase sempre alusiva.

É mais a escolha da meditação sobre temas tomados ao acaso de meus sonhos e reflexões do que a elaboração de um sistema de pensamento construído mecanicamente. A observação empírica é completada às vezes com comentários de textos de autores africanos e afro-americanos, sem visar a uma discussão exegética. Lembro-me das críticas de Michel Foucault aos métodos de trabalho dos filósofos institucionais:

> Redução das práticas discursivas aos vestígios textuais; elisão dos eventos que aí ocorrem para reter apenas marcas para uma leitura; invenções de vozes por trás dos textos para não ter de analisar os modos de implicação do sujeito nos discursos; determinação do originário como dito e não dito no texto para não recolocar as práticas discursivas no campo das transformações em que se efetuam[10].

Meu método de trabalho neste ensaio é comparável ao que os músicos chamam de modos de "sincronização": em vez de desenvolver uma tese indo do tema geral para observações particulares, vou proceder por formas de paralelismo, destacando a relação entre princípios gerais e fatos particulares, o caso, a reflexão e o tema, que às vezes se confundem no intuito de se reforçarem mutuamente. Meu processo, que recusa qualquer generalização, resume-se em imaginar o que certos modos de pensar e de viver trazem para a filosofia. Ou, como Cioran, Schopenhauer e outros teriam talvez modificado e enriquecido seus niilismos se tivessem tido a felicidade equívoca de viver hoje nos trópicos.

---

[10] M. Foucault, *Dits et écrits* (Paris, Gallimard "Quarto", 1994), v. 2, p. 267.

I
Artimanhas do desejo
Economia política do casamento

"O amor: é amar ou ser amado?"
J. B. Mpiana, artista congolês

"Não existe amor. Só existem provas de amor."
Jean Cocteau
(diálogo do filme *Les dames du Bois de Boulogne*)

O motorista me levou ao mercado de frutas de Kuluba em Uagadugu (Burkina Fasso) onde eu queria comprar laranjas e morangos orgânicos. As frutas que serviam no hotel quatro estrelas onde estava hospedado não tinham gosto de nada. Davam a impressão de terem sido importadas, congeladas e secas na poeira, para castigar a clientela de exilados barrigudos que viviam se bronzeando à beira da piscina. Eu estava em Burkina Fasso em uma dessas viagens oficiais do Banco Mundial que mobilizava durante quinze dias todos os membros do governo e altos funcionários do país. As prerrogativas de chefe de missão me permitiam dispor de motorista e de um impressionante Mercedes preto oficial. Era muito prático para passar rápido pelo trânsito congestionado da cidade, mas pouco discreto para fazer compras em uma feira popular. Fiquei em dúvida antes de chamar o motorista para me levar até lá. Mas, além de me sobrar pouco tempo para tal escapulida, eu precisava de um tradutor para captar a atmosfera desse local de troca onde o mossi, uma das línguas nacionais, era o único vetor de comunicação.

A primeira vendedora que correu entre as barraquinhas para me trazer sua cesta de frutas "ganhou o dia", como eles dizem: comprei tudo e paguei o dobro do que ela pediu. Olhou-me espantada, enxugando o suor que lhe escorria da testa negra – Uagadugu em fevereiro tem a suavidade de um vulcão em ebulição. Em um francês deliciosamente aproximativo, perguntou se eu queria mais alguma coisa com o resto do troco. Pedi ao motorista para explicar em mossi que não, que o dinheiro a mais era uma gorjeta, que eu admirava o esforço dela – era preciso mesmo muito esforço para passar o dia todo debaixo do sol duro e escaldante à espera de hipotéticos compradores de laranja. Era uma adolescente de 16 anos de sorriso tímido e ao mesmo tempo intimidante. Perguntei se ela ia à escola. Abaixou o olhar e explicou que teve de abandonar os estudos e só fazia isso na vida: vendia frutas para ajudar a mãe.

Nesse momento, uma velhota que observava nossa conversa, sentada em um engradado ali perto, levantou-se e foi chegando com dificuldade. Olhava com uma tristeza vazia, era o nada contemplando o vácuo. Fez uma ligeira careta que interpretei como sorriso e disse umas palavras que o motorista traduziu meio sem jeito:

– É a mãe da garota. Propõe que o senhor leve a filha dela.

– Levar a menina comigo? Para onde e para fazer o quê?

– O que o senhor quiser – explicou ele, traduzindo as instruções da senhora. – Pode trabalhar como cozinheira ou ser sua mulher.

Pego de surpresa, tentei confirmar se havia entendido bem a proposta inesperada. O sorriso desdentado da mulher ficou mais nítido e percebi, por seu olhar ansioso, que ela aguardava mesmo uma resposta.

– Sou estrangeiro e estou só de passagem por aqui...
– Não tem importância.
– Diga que posso ser casado e estar feliz com a minha família...

— Nesse caso, ela fica sendo a sua segunda mulher! — respondeu a velha sem pestanejar, aparentemente insistindo para que o motorista traduzisse bem o que ela dizia.

A garota seguia a conversa com um ar indecifrável. Eu me perguntava se o olhar gentil que ela dirigia a mim não era por medo da mãe.

— O que a menina pensa do que a mãe está dizendo? — indaguei ao motorista, convencido de ter assim um argumento de peso para recusar a proposta indecente.

A pergunta tornou a conversa um pouco mais séria, e o tradutor mudou o tom para transmitir o que perguntei. Sem se dar por achada, a velha disse que conhecia muito bem a filha para afirmar que era da mesma opinião. E, para mostrar que não desejava obrigar a garota, propôs que ficássemos a sós por uns minutos para tratar do assunto. "O senhor vai ver que a minha filha gostaria de ir embora com o senhor" – concluiu, afastando-se.

— Nada disso! — insisti. — Não é preciso. Sua filha não me conhece, a senhora também não. Não é possível acertar um casamento em poucos segundos, no meio das barracas de uma feira. Talvez eu seja um velhaco...

— Não acho.

— ... ou um traficante de drogas...

— Minha filha é inteligente, bem-educada, cozinha perfeitamente e sabe fazer tudo muito bem. O senhor não vai se arrepender... E, se por acaso, depois da experiência, o senhor não quiser, pode trazer de volta. Sem problema...

Sem problema?

A garota continuava calada, sorridente, tímida. Dei uma olhada para tentar saber o que achavam dessa conversa as outras vendedoras de frutas. Impossível interpretar o jeito calmo e despreocupado delas.

Por que eu?

Teria ficado impressionada com o imenso carro oficial e a solicitude do motorista, provas do meu poder e importância? Seria por causa do dinheiro – por eu ter pago bem mais do que valiam as frutas? A velha alcoviteira passaria o dia inteiro no mercado, oferecendo a filha a todos os clientes que chegavam em um carro de luxo?

– Eu olhei para o senhor, confio no meu instinto e no meu coração. Tenho certeza de que é gente boa. Minha filha seria feliz com o senhor. Sei que a minha filha ama o senhor.

Explicação talvez satisfatória para o meu ego, mas não para o meu entendimento.

– Minha filha sofre muito aqui no mercado, e eu sofro por vê-la sofrer.

Agora sim! Tratava-se apenas de tirar a bela adolescente da miséria, de fazer um investimento. Agradeci a oferta e fui embora sob os olhares desolados da mãe e da filha. E pensando em Keats: "Sou um covarde, não posso aguentar a dor de ser feliz".

Nos dias seguintes, continuei remoendo a conversa pouco comum nesse país do Sael onde, apesar da pobreza material, os hábitos e os costumes exaltam o orgulho e a dignidade[1]. O amor de que eu fora subitamente alvo naquela feira poeirenta esbarrou no meu ceticismo. Estaria eu enganado? Não dizem os biólogos que

---

[1] Burkina Fasso significa "o país dos homens dignos, íntegros"...

ficamos apaixonados se, e apenas se, secretarmos feromônios expelidos por pequenas glândulas subnasais e enviados como mensagem para influir no comportamento do outro? Quais eram as proporções de acaso e de cálculo naquele episódio? Meu pretenso charme teria funcionado com a mesma eficácia em outras circunstâncias? Aquelas mulheres me teriam "amado" com tanta rapidez se, em vez de chegar no grande Mercedes preto, eu tivesse vindo a pé e pechinchado o preço das laranjas como faz a maioria dos fregueses, e não tivesse pago o dobro do que devia? Onde ficava a arte da sedução?

Esse encontro imprevisto me levou a tentar compreender os determinantes do amor para os novos casais africanos. Talvez, na teoria dos afetos, essa moça e sua intrépida mãe vejam o amor simplesmente como o desejo imanente do outro, e eu teria o perfil desse outro. Afinal, não é Jorge Luis Borges quem diz que "amar é sentir que nos falta alguma coisa"[2]? Talvez, para elas, o amor seja o desejo de transcendência, a vontade de se agarrar a um homem capaz de tirá-las de uma condição social difícil. O amor seria então, antes de tudo, uma idealidade baseada no cuidado de si. Talvez elas o definam como o amor verdadeiro de Marsile Ficin, isto é, como o desejo do belo: não da beleza efêmera do corpo que toca os sentidos primitivos (tato, olfato, paladar), mas da beleza eterna, a que se endereça aos sentidos chamados "nobres" (visão, audição, razão). Talvez elas tenham a concepção niilista dos sentimentos que observei em diversos meios sociais da África e que consiste em despir o amor de sua dimensão afetiva e moral para conferir-lhe um sentido utilitarista.

---

[2] J. L. Borges, *Conférences* (Paris, Gallimard, 1985), p. 120.

Artimanhas do desejo: o amor niilista

Os sociólogos são categóricos: as motivações do casamento para as mulheres africanas mudaram muito no intervalo de uma geração. O sentimento amoroso que durante muito tempo era valorizado, assim como a necessidade de seguir as práticas culturais e as exigências familiares, foi substituído por considerações mais materialistas. A falta de confiança em si mesmas, que outrora as obrigava a recorrer a excêntricas técnicas de sedução para arranjar um marido e serem aceitas socialmente, parece ter diminuído muito. A liberação dos desejos femininos é comparável aqui ao que se viu nos anos 1960 no Ocidente, após o advento do feminismo. Única diferença significativa: ela não veio acompanhada de denúncias indignadas contra a "mulher-objeto". É compreensível: se a mulher é desejada por sua beleza, o "homem-objeto" africano também é procurado por seu poder de compra e *status* social.

Desculpabilizadas, as mulheres africanas compensam o déficit afetivo inventando uma nova justificação para o amor conjugal. Casam-se cada vez menos por respeito às convenções sociais ou por sentimentalismo, e mais para dar sentido à própria existência e adentrar territórios psicológicos aos quais nunca chegariam sozinhas. Os bons sentimentos não satisfazem ninguém, e a felicidade conjugal definida como um estado amoroso não é um objetivo viável de existência. Como Georg Christoph Lichtenberg, elas acham que, se o amor é cego, o casamento devolve a visão. O melhor é manter a lucidez e não ceder a essa "nuvem feita de vapores e de suspiros"[3].

O modo como elas encaram o flerte com o desconhecido é um bom símbolo desse novo niilismo do amor. O aspecto às vezes

---

[3] W. Shakespeare, *Romeu e Julieta*, ato I, cena 1.

furtivo e desenvolto do primeiro encontro amoroso revela também a maneira de ver a família que elas pretendem criar: rejeitam a ilusão do casal osmótico em que homem e mulher são guiados apenas pelos sentimentos. O casal é visto como algo muito importante para ser deixado ao sabor das emoções. O modelo tradicional de casamento africano, descrito com ingênuo entusiasmo por Claude Lévi--Strauss e que une não dois indivíduos mas famílias inteiras, ainda existe. Mas os jovens expressam novas motivações: já não se casam só para perpetuar a tradição e honrar os ancestrais, mas sim para se situar na escala social e conseguir o poder de compra indispensável para assumir seu *status*.

Seja ele abordado de modo imprevisto em um mercado de frutas, na rua ou em um cabaré, seja ele descoberto por um parente agindo como intermediário ousado, o potencial futuro esposo é instintivamente calculado e avaliado pela futura dulcineia: sua capacidade de assumir com eficácia o papel social reservado ao parceiro ideal é deliberadamente julgada. O amor[4] já não se reduz a uma alquimia das sensações experimentadas à mercê dos encontros; é visto como uma empreitada niilista na qual são celebrados a diferença entre os sexos e o culto da alteridade homem-mulher. Valoriza--se então a minúscula mas incoercível distância que existe entre os sexos. Os homens são exortados a seguir o tipo de conselho dado por Jorge Luis Borges, isto é:

---

[4] Em *Uma história natural do amor* (Rio de Janeiro, Bertrand Brasil, 1997), Diane Ackerman afirma que o amor é um conceito intangível do qual todo mundo reconhece a importância, a necessidade e as maravilhas, mas sem nunca concordar quanto ao seu sentido. "Usamos esse termo de forma tão expeditiva que ele pode significar tudo e o seu contrário." Como prova, aliás, da própria teoria, o livro não oferece nenhuma definição de amor.

sentir e saborear esse algo tão agradável que há em uma mulher, em toda mulher; esse algo que não pode ser definido, mas que faz que simplesmente se tenha prazer em estar com uma mulher. Isso nada tem a ver com o amor ou a sensualidade; é decorrência, digamos, dessa ligeira diferença, uma diferença muito leve, mas suficiente para ser percebida e, ao mesmo tempo, bastante próxima para não nos separar[5].

Em tal contexto, as questões narcisísticas que perpassam habitualmente o encontro amoroso ("O que ele pensa de mim?", "Ele me acha bonita?") são substituídas por preocupações mais concretas: "Qual é o peso social desse eventual futuro parceiro?", "O que pode ele me oferecer?", "Será capaz de sustentar minha família?". E, como os futuros amantes ou esposos se fazem essas mesmas perguntas, a relação amorosa fica isenta da ingenuidade e do angelismo que a ameaçam. Paradoxalmente, esse começo igualitário da relação é a fonte de um novo idealismo mais sólido, porque fundado não no sonho clandestino de uma felicidade abstrata, mas na realidade das necessidades mútuas a satisfazer.

Inútil perder tempo em um tolo trabalho de sedução que se manifesta em outras sociedades por uma corte romântica e exagerada. Aqui, o amor à primeira vista, descoberta instantânea de afinidades que Roland Barthes chamava de "proliferação recíproca", é sobretudo o reconhecimento sem pieguice, por dois indivíduos, de seus interesses emocionais ou conjugais comuns. Voltaire dizia que os procedimentos de sedução são bastante simplistas: os homens se interessam pelo visual, e as mulheres pelo que lhes contam.

---

[5] J. L. Borges, *Ultimes dialogues avec O. Ferrari* (Paris/La Tour d'Aigues, Zoé/L'Aube, 1988), p. 78.

"Pega-se a mulher pelos ouvidos e o homem pelos olhos", afirmava ele. O autor de *A donzela de Orléans* teria sido um lamentável sedutor em Uagadugu, onde os mecanismos de atração mútua utilizados por ambos os sexos se concentram sobretudo na análise do custo-benefício da eventual relação. Como não há muito que esperar dos sentimentos, racionalizam-se as emoções. Aliás, o recurso cada dia mais frequente aos *sites* de encontro disponíveis na internet facilita essa triagem, ajudando não só a ganhar tempo como a identificar com mais rigor o parceiro ideal.

Romancear o mito do amor como se costuma fazer na relação do casal no Ocidente é, portanto, cada vez mais impopular na África. O princípio fundamental a ser respeitado recomenda que se limitem as derrapagens do imaginário provocadas pela fé excessiva nas virtudes míticas do amor e nas expectativas exageradas quanto à vida conjugal. É claro que, como em toda a parte, os crimes passionais ou os suicídios por decepção amorosa existem. Mas, aqui, suscitam reprovação, desprezo e condenação dos que agem assim. Ficar doentiamente "apaixonado" por seu parceiro a ponto de se suicidar ou cometer um crime em nome desse sentimento é visto por muitos africanos como presunção de gente fraca, um luxo de quem não faz nada, de burguês ou de *ocidentalizado*. Pois o amor é uma ilusão estetizada,

> uma construção, uma invenção social, e não um fenômeno "natural". Não difere de muitas coisas que nos cercam e consideramos evidentes, embora sejam o resultado de um longo movimento histórico de formação, de elaboração de um sentido particular[6].

---

[6] Jean-Claude Kaufmann, *Sociologie du couple* (Paris, PUF, 1993), p. 5.

O amor é uma "felicidade de obstinado", um sentimento completamente anormal, pois é acompanhado por todos os estados turvos que caracterizam a mente perturbada: angústia, desconfiança mórbida, desespero, paranoia, egoísmo, ferocidade diabólica etc.

Desmistifica-se o amor, portanto, retirando-lhe o veneno. Para isso, evita-se o excesso de sentimento. A exaltação do casamento e o apego arbitrário a outro ser contêm os germes de uma catástrofe emocional. Na perspectiva do absoluto, aliás, os benefícios emocionais da fantasmagoria amorosa são pouco importantes. Só as mulheres capazes de compreender isso estão preparadas para uma vida conjugal tranquila.

Chercher la femme*

Em tal contexto, o que revelam as motivações da escolha do cônjuge? O que sobra da homogamia tão decantada pelos sociólogos do casal e da asserção de Jean-Claude Kaufmann: "Qualquer um não se casa com qualquer uma; cada qual com seu igual"? Na África também as pessoas continuam a se casar com pessoas do mesmo grupo social (classe, cultura, região etc.). O presidente sul-africano Nelson Mandela surpreendeu o imaginário coletivo tomando como esposa, em terceiras núpcias, Graça Machel, a viúva do ex-presidente moçambicano Samora Machel. O presidente Omar Bongo, do Gabão, não se prendeu a escrúpulos quando se casou com a filha de seu vizinho e amigo, o presidente Denis Sassou Nguesso, do Congo.

Mas essa regra geral deve ser ajustada ao niilismo amoroso que se observa por toda a parte. Não é todo mundo que dispõe da lati-

---

* Expressão francesa que exprime a ideia de que a fonte de qualquer problema que envolva um homem é suscetível de ser uma mulher. (N. T.)

tude do rei Mswati III, da Suazilândia: em 1º de setembro de 2008, mais de 30 mil virgens se reuniram diante de seu palácio de Ludzidzini. De seios nus, dançaram por mais de uma hora para que ele pudesse escolher sua 14ª esposa. O humorista norte-americano Jay Leno afirmou que tal evento seria impossível nos Estados Unidos, onde não se acham 30 mil virgens...

O aspecto estático e determinista das teorias da endogamia é derrubado por novas morais da união conjugal. Muitas pessoas se casam levando em conta critérios bem diversos da proximidade geográfica, da identidade cultural ou da comunidade de classe social. Casais se formam entre parceiros que não residem no mesmo país, são de grupos sociais diferentes ou não têm a mesma educação nem partilham a mesma cultura. Exemplo conhecido é o do presidente camaronês Paul Biya que, já chefe do Estado havia mais de uma década, se casou em segundas núpcias com uma corajosa mãe solteira, trinta anos mais nova do que ele e, não apenas oriunda de um grupo étnico bem diferente do dele, mas com uma fama daquelas. Alguns de seus compatriotas ficaram preocupados com tal escolha, tida como grave ofensa à honra da República. Jornais locais rivalizaram em indignação, expondo nas manchetes detalhes sórdidos sobre a vida amorosa da nova primeira-dama. A meu ver, achei que foi uma rara prova de lucidez da parte de um homem que mostrou assim, de modo inesperado, que era capaz de sair do seu ego de rei negro para convidar uma mulher do povo a partilhar seus segredos de alcova.

Os africanos falam também de "casamentos telecomandados" para designar os novos casamentos arranjados entre emigrados que estão há muito tempo no estrangeiro e solicitam a ajuda dos membros influentes da família que ficaram no país para encontrar uma esposa. Modestos trabalhadores, mas também executivos que tiveram uma carreira de sucesso na França, na Inglaterra, na Bélgica, na Itália, na Alemanha e nos Estados Unidos, recorrem à ajuda dos pais (em geral a mãe, a tia ou o tio mais respeitado) para encontrar a alma gêmea que lhes convém e empregar a engenhosidade e o senso de diplomacia necessários para definir as diferentes etapas do casamento (da organização do flerte à negociação do contrato e às cerimônias oficial e tradicional). Muitos malineses, senegaleses ou etíopes que residem no estrangeiro delegam assim a responsabilidade da escolha da esposa a pais que vivem a milhares de quilômetros de distância, mas em quem eles têm toda a confiança. Aliás, esse procedimento é a mera atualização de processos "tradicionais" que regulavam antigamente a vida amorosa e a formação do casal. É mais presente em certas comunidades de emigrados em que o choque cultural no país que os acolhe é violento, a assimilação difícil e a vida no exílio dolorosa.

A capacidade que certos emigrados africanos têm de se desligar das exigências do amor conjugal lembra um pouco a história de Wakefield, o herói de Nathaniel Hawthorne. A pretexto de uma breve viagem, um homem sai certo dia de casa sem realmente saber o que quer nem aonde vai. Com um sorriso enigmático, diz à mulher que não deve demorar muito. Ela, já acostumada com o jeito misterioso do marido, não faz perguntas. O homem vai embora. Depois de andar alguns metros, ele se pergunta por que ir mais longe. Sem saber o que está acontecendo com ele, hospeda-se em um hotel na rua ao lado, onde fica um dia, uma semana, um ano... Sob um vago disfarce, vive anônimo durante vinte anos, sem chamar a atenção da mulher e dos amigos, que vê praticamente todos os dias. Durante essa ausência não premeditada, ele acompanha o envelhecimento da mulher, de quem não se aproxima. Também não se encontra com ninguém, só caminha às vezes sem compreender o que está acontecendo. Um dia, a chuva o força a se abrigar bem em frente à sua casa. Sem pensar, empurra a porta e, com o costumeiro sorriso enigmático, entra, senta-se e retoma a vida no ponto exato em que a deixou duas décadas antes...

Há, porém, uma grande diferença entre os emigrados africanos que vivem o conjúgio por procuração durante os longos anos de exílio e a indecifrável desenvoltura de Wakefield, que não seriam explicáveis por motivações psicológicas evidentes. Sua história comove e perturba o leitor pela estranheza da atitude, pela impossibilidade de explicar os motivos de seus atos, a ambiguidade maravilhosa e a incoerência inerente a um comportamento que o leva para direções imprevistas. Com os exilados africanos, o casamento é um ritual rigorosamente codificado, um importante sacerdócio cuja condição de realização é a ausência. Com Wakefield, é uma longa e misteriosa conversa cuja linguagem é impossível compreender.

A memória da opressão

Os modos de formação dessas novas famílias africanas provocam curiosidade quanto à ética do conjúgio e à dinâmica do relacionamento do casal. As monografias de antropólogos e de sociólogos sobre a vida conjugal na África trazem muitos resultados de sondagens, enquetes e depoimentos indicando o altíssimo grau de insatisfação das famílias africanas, e a frustração das mulheres que se acham dominadas, esmagadas pelo poder do homem e pelo peso das prerrogativas que a sociedade confere aos "chefes de família". Essa literatura mostra o problema mais geral da "masculinidade negra", contra a qual as feministas não cessam de se indignar. Como compreender que, de um lado, as mulheres aceitem soberanamente os novos critérios de escolha do cônjuge e refutem o sentimentalismo de um amor conjugal superficial, mas, de outro, queixem-se dos maus tratos que o casamento lhes reserva? De onde vem o paradoxo?

Primeira explicação possível: os instrumentos de análise empírica utilizados pelos pesquisadores talvez captem mal as verdadeiras dinâmicas existentes, seja porque os estudos em questão são conduzidos superficialmente, seja porque as enquetes e sondagens não conseguem perceber a parte de não verdade contida nas respostas dos entrevistados – os estatísticos ainda não inventaram técnicas para medir a mentira deliberada.

Segunda hipótese: as mulheres africanas talvez sejam menos infelizes no casamento do que sugerem as ciências sociais. Primeiro, porque a felicidade não é forçosamente uma coisa de que se tem consciência e se verbaliza em uma sondagem, mas, sobretudo, porque o desencanto as leva a assumir voluntariamente relações das quais elas não esperam o sentimentalismo meloso buscado pelos antropólogos e sociólogos. Aliás, quando percebem isso, eles o interpretam como uma forma de cinismo. Ora, muitas mulheres na África optam por uma atitude sábia: para elas, "o amor é um egoísmo a dois", como diz Antoine de La Sale.

Mesmo assim, a pesada herança da opressão das mulheres na história das mentalidades, costumes e práticas sociais não pode ser descartada ou minimizada. As dinâmicas conjugais no sul do Saara decorrem da lógica de vários séculos de dupla dominação sexual e racial observada em todo o mundo negro. Édouard Glissant lembra a gênese dolorosa do casal na Martinica no contexto escravo:

> A "família" na Martinica foi primeiro uma "antifamília". Acasalamento de uma mulher e de um homem em benefício de um dono. Foi a mulher quem murmurou ou gritou: *"Manjé tè pa fè yich pou lesclavaj"* – a terra para ser estéril, a terra para morrer. Foi a mu-

lher quem às vezes recusou carregar em seu corpo o lucro do dono. A história da instituição familiar na Martinica está assente nessa recusa. História de um enorme aborto primordial: a palavra presa na garganta, com o primeiro grito[7].

Essa violência original que marcou o nascimento da família é também apresentada como explicação para a crise conjugal que atinge as comunidades afro-americanas. Como afirma Cornel West:

> Acho que o problema está profundamente enraizado em nossa psique. A própria ideia de que os povos negros são seres humanos é bastante recente na civilização ocidental e, na prática, nem sempre é aceita totalmente. Uma das consequências dessa ideia perniciosa é a dificuldade que mulheres e homens negros têm de se conectar cada um na humanidade do outro[8].

As condições de emergência no mundo negro da chamada família moderna foram de fato as de uma vida social organizada em torno de normas fixadas pelo opressor e de uma existência fragmentada para cada um dos membros: o "pai" como escravo para a lavoura de cana-de-açúcar ou para os trabalhos forçados; a "mãe" como criada, procriadora da futura mão de obra e lugar de satisfação das fantasias sexuais; e a "criança" como garantia de uma força de trabalho gratuita. Esse processo deliberado de *nuclearização* da família africana foi iniciado pelos colonos e reiterado pelos governos oriundos das independências ao sabor das evoluções da econo-

---

[7] É. Glissant, *Le discours antillais* (Paris, Seuil, 1981), p. 97.

[8] A. Hooks & C. West, *Breaking Bread: Insurgent Black Intellectual Life* (Boston, South End Press, 1991), p. 12-3.

mia mundial. Tal processo de desumanização contribuiu para a falta de confiança e o desprezo mútuos que até hoje regulam as relações do casal no mundo negro.

Libertar-se do ódio de si, fugir da armadilha das frustrações acumuladas por várias gerações, reumanizar o olhar que se lança ao parceiro conjugal: eis algumas das preocupações éticas do movimento da negritude. Léopold Sédar Senghor assim expressou a essência disso em um célebre poema:

> Mulher nua, mulher negra
> Vestida de tua cor que é vida, de tua forma que é beleza
> Cresci à tua sombra; a doçura de tuas mãos vendava meus olhos
> [...]
> Mulher nua, mulher obscura
> Fruto maduro de carne firme, sombrios êxtases do vinho negro, boca que me torna lírica a boca
> [...]
> Mulher nua, mulher negra
> Canto tua beleza que passa, forma que fixo no Eterno
> Antes que o destino ciumento te reduza a cinzas para nutrir as raízes da vida[9].

As coisas, entretanto, mudaram. A memória da opressão feminina no mundo negro permanece intensa, mas muitas mulheres já

---

[9] L. S. Senghor, *Œuvre poétique* (Paris: Seuil, 1990), p. 16. ["Femme nue, femme noire/ Vêtue de ta couleur qui est vie, de ta forme qui est beauté/ J'ai grandi à ton ombre; la douceur de tes mains bandait mes yeux/ [...] Femme nue, femme obscure/ Fruit mûr à la chair ferme, sombres extases du vin noir, bouche qui fais lyrique ma bouche/ [...] Femme nue, femme noire/ Je chante ta beauté qui passe, forme que je fixe dans l'Éternel/ Avant que le destin jaloux ne te réduise en cendres pour nourrir les racines de la vie."] (N. E.)

se emanciparam. Recusando-se a continuar presas nos grilhões da história, elas saem do "enorme aborto primordial" de que fala Glissant para abordar a vida conjugal já não como vítimas, e sim como conquistadoras. Desejam superar as inúmeras frustrações sofridas por suas mães e avós, libertando-se da ilusão do amor, o amor que muitas vezes é buscado por fraqueza ou por vaidade. Acreditam que o amor verdadeiro é, antes de tudo, amor-próprio.

Essa atitude filosófica não é nova: as mulheres africanas que menosprezam o desejo de serem amadas e desdenham as extravagâncias do sentimentalismo podem ligar sua visão do casamento àquela que determinava a divisão dos papéis entre esposos na sociedade antes da chegada dos europeus. Segundo a historiadora Glória Chuku:

> os administradores coloniais chegaram à Nigéria com estereótipos sexuais ocidentais. Tratavam as mulheres nigerianas a partir do pressuposto de sua "fragilidade" e "dependência". O objetivo da educação ocidental era transformá-las em esposas e mães exemplares, ensiná-las a gerir os assuntos conjugais, já que o papel feminino era cuidar das questões domésticas. Mas o conceito de mulher o tempo todo no lar era desconhecido na sociedade tradicional Ibo. E, durante o período colonial, as mulheres Ibo continuaram a atuar fora da esfera doméstica, como haviam feito desde sempre[10].

Análise corroborada pelas observações de G. J. Dei, que estudou o comportamento de mulheres nas aldeias ganenses e por diversos outros estudos dedicados à divisão econômica dos papéis

---

[10] "Women in the economy of the Igboland, 1900 to 1970: A survey", *African Economic History* (Madison, v. 23, 1995), p. 39.

nos casais africanos. Nas famílias, as mulheres têm seus ciclos próprios de direitos e deveres, assumindo sobretudo a responsabilidade da produção alimentar e a educação das crianças, enquanto os homens cuidam de ocupações menos "nobres". Ao se religarem à ordem de valores de suas sociedades pré-coloniais, as mulheres da África parecem ter encontrado o caminho da emancipação e o meio de reconquistar seu lugar no tabuleiro social e na liderança moral que leva ao respeito do homem. Ao agir assim, elas não têm nenhuma ilusão sobre as supostas delícias da vida conjugal: as pesquisas de opinião mostram que elas dão mais importância ao seu guarda-roupa do que à sua vida sexual. Um modo como outro qualquer de viver o niilismo.

Verdades do orgasmo

As representações visuais mostram bem o que a mulher africana exprime não só sobre a sexualidade e sua concepção do poder, como também, mais genericamente, sobre suas relações com a autoridade, as questões de classe, as relações entre os grupos de idade na sociedade e, sobretudo, as novas maneiras de definir suas identidades. O filme *Les saignantes* do camaronês Jean-Pierre Bekolo serve de exemplo. Desde o início, vê-se uma jovem em uma cena de amor acrobática e tórrida com um homem mais velho, que não é outro senão o secretário-geral da Casa Civil. Sob a intensidade do prazer e da audácia sexual da moça, o coração do homem falha. Confusa em um primeiro momento, a mulher logo recupera o sangue-frio, que, aliás, nunca perdera, e pede ajuda a uma amiga para se livrar do corpo de sua vítima, mas não antes de lhe rapar todo o dinheiro. O filme é a crônica noturna e desenfreada dessa aventura em um mundo altamente depravado.

As qualidades artísticas e técnicas desse longa-metragem foram objeto de discussões, como são quase sempre as produções cinematográficas africanas realizadas em geral com orçamento reduzido e reivindicando uma estética diferente daquela com a qual a crítica ocidental está habituada. O que surpreende nessa fábula satírica situada em torno do ano 2025, em Iaundê, é a evolução das representações que as mulheres africanas fazem de si. Vítimas por muito tempo de suas imagens assepsiadas e de sua perpétua fragilidade, foram reduzidas a objetos sexuais à margem da história. Só serviam como tema de estudos antropológicos. Marcadas pela compaixão falsa ou real dos etnólogos, eram lançadas à comiseração da humanidade letrada e serviam de material para o feminismo e o africanismo. Filmes como *Faat Kiné* ou *Moolaadé* do senegalês Sembène Ousmane ratificavam essa leitura maniqueísta da relação homem-mulher na África, mantendo na mente dessas mulheres a ideia de que eram cidadãs de segunda classe por sua incapacidade de usar a maldade. Tal imagem clássica da mulher africana prisioneira dos desejos masculinos e desprovida de segurança quando se trata dos prazeres da carne caducou.

Em *Les saignantes*, a sexualidade não é expressa simplesmente como um desses elementos de biopoder que fascinavam Michel Foucault. É sobretudo um fator de expressão da verdade sobre o que se quer ser, sobre o tipo de posicionamento social ao qual se julga ter direito. Nesse sentido, é o que permite à mulher projetar a imagem de si mesma que ela deseja impor. É o componente essencial de uma identidade assumida. Participa, portanto, do cuidado de si, da autossubjetivação. Estamos longe das questões habitualmente debatidas pelos pensadores da filosofia política a propósito da sexualidade: análise dos modos de dominação, discurso sobre a organização fisiológica do corpo, significado das orientações e comportamentos sexuais etc. Quem poderia imaginar que semiprostitutas africanas praticamente analfabetas renovariam certas problemáticas fundamentais da economia política com tanta criatividade?

Falar de sexualidade na África e no mundo negro continua sendo, no entanto, um exercício delicado: o assunto é muitas vezes obscurecido pelas fantasias e pelos mitos fabricados e difundidos pela mitologia etnopolítica do tempo do tráfico negreiro e da memória da opressão. Não é fácil, portanto, propor uma leitura dos comportamentos que evite as generalizações apressadas. Convém evitar o duplo escolho do voyeurismo e dos clichês, manter-se equidistante do discurso *racialista* que alimenta as fantasias coletivas no Ocidente sobre a "sexualidade negra" e do discurso reducionista e autoflagelador de muitos autores africanos preocupados com o "politicamente correto". Cornel West lembra que na América a obsessão sexual coletiva convive com o medo da sexualidade negra. É porém necessário quebrar esse tabu e desmistificar o assunto para tentar uma conversa construtiva sobre o racismo.

O discurso público africano sobre a sexualidade é também cheio de hipocrisia. De um lado, a sociedade pretende valorizar um *corpus* ético que torna o assunto tabu. A sexualidade é apresentada como o vetor por excelência da procriação. É reduzida ao casamento e às obrigações conjugais e envolta de grande significação espiritual. O Estado prega a austeridade sexual, e são votadas leis para deixar autoridades se imiscuírem na esfera da vida privada do cidadão. Cultiva-se também uma desconfiança oficial a respeito dos prazeres julgados não convencionais; destacam-se seus efeitos corrosivos na alma e no destino de cada um. Daí a inquietação coletiva diante de tudo o que pode ser considerado democratização intolerável das práticas sexuais "contra a natureza".

De outro lado, cultiva-se com frenesi o culto dos prazeres sexuais mais delirantes, aos quais se conferem até virtudes místicas. O orgasmo tem verdades que a lei não conhece. As fantasias coletivas giram em torno da sofisticação das técnicas de prazer. O que explica o fascínio pela pornografia, um setor que não dá sinais de entrar em falência. O caricaturista camaronês Popoli conta que suas histórias em quadrinhos mais apreciadas pelo público são as que têm casos de sexo bem apimentados. Wolinski provavelmente confirmaria essa observação.

Na realidade, as tentativas autoritárias de moralização das sociedades africanas através da regulamentação da atividade sexual refletem a sexualização da política e a politização do sexo. O sexo é instrumentalizado como ferramenta de seleção, de exclusão e de dominação, como vetor de afirmação da identidade (mulheres) e da autoridade (homens). A sexualidade é muitas vezes um passaporte para galgar altos escalões administrativos ou para ganhar dinheiro. Na ordem dos valores em vigor, a homossexualidade costuma ser condenada vigorosamente. Reprimida pela lei, é considerada um sinal de inferioridade moral contrária "às tradições africanas" e às normas da sociedade. Como o sexismo ontem, a homofobia é de fato utilizada para exorcizar o medo do outro escondido em nós. Serve de "preservativo" para proteger certo conceito de virilidade.

Mas não é necessário ser homossexual para usar a própria anatomia como meio de afirmação social. Nos países onde a heterossexualidade é erigida a modo oficial de sexualidade, líderes políticos e religiosos de toda espécie, intelectuais e altos executivos pregam publicamente o ascetismo e a abstinência. Dizem eles que é preciso renunciar ao prazer da carne. Mas estão longe de aplicar para si esses preceitos. De acordo com práticas e normas sociais não escritas, mas conhecidas de todo mundo, o homem que se respeita mantém várias mulheres – quando a poligamia é reconhecida pela lei – ou, pelo menos, várias amantes. A imprensa mostra regularmente que, para fazer carreira em certas empresas, muitas moças devem submeter-se às investidas sexuais do chefe. Os fatos são tão banais que já não provocam escândalo nem indignação. Do mesmo modo, nas universidades e escolas, muitas alunas flertam abertamente com os professores e, como por acaso, costumam obter as melhores notas nos exames. O que, aliás, não prova nada: vai ver que os professores só se interessam pelos melhores alunos...

Além disso, a exaltação dos prazeres do corpo não ocorre apenas com professores e elites barulhentas que circulam em carrões pelas ruas de Duala ou de Kinshasa, ouvindo sonatas de Mozart. Ela existe também no povo, que se serve disso para fugir do cotidiano, enganar a miséria e inventar outro mundo. As condições gerais de pobreza material parecem incompatíveis com a cultura oficial da ascese. Parecem justificar comportamentos hedonistas. A glorificação do orgasmo surge quase como uma ambição filosófica coletiva: trata-se de reconhecer o caráter inelutável do sofrimento e da morte, saborear a alegria de conseguir tapeá-los e realizar o nirvana como se pode a cada dia. O que haverá de melhor do que essa "morte voluptuosa em vida", como diz Cioran?

II
Como, logo existo
Filosofia da mesa

"Certos homens correm tão depressa em busca
do prazer que passam por ele sem perceber."
Søren Kierkegaard

"O que há de embriagador no mau gosto
É o prazer aristocrático de desgostar."
Charles Baudelaire

De vez em quando, a música africana dita de variedades oferece ao público um grande sucesso muitas vezes insípido: uma canção em tempo binário e lancinante, sem sutilezas harmônicas, mas fixada em uma melodia vagamente sedutora na voz plangente e rouca de um vocalista desafinado e sem complexos. Até aí, a tessitura não fica nada a dever à música francesa ou norte-americana de variedades. Em Nova Iorque ou Paris, o critério essencial do mau gosto "popular" parece ser sua capacidade de imitar os delírios coletivos, em vez de expressar requinte. Mas em Abidjã ou Kinshasa, os *hits* musicais exacerbam as emoções e agitam as multidões por terem às vezes uma dimensão satírica que lhes dá certa autenticidade – a capacidade de captar o clima presente – e até uma pretensão ética.

O êxito da canção *Antou*, do grupo Magic System, da Costa do Marfim, é decorrente essencialmente do desejo de sintetizar os traços dominantes da moral popular do momento. Conta a história de uma moça que usa um único critério para selecionar os amantes: o poder aquisitivo. Mas nem sempre acerta, como quando troca um jovem cantor que a ama, mas é pobre, por um homem rico. Ao saber que a carreira musical do ex-amante vai de vento em popa, ela tenta desesperadamente reatar com ele. Lúcido, ele a convida para jantar em um restaurante onde servem jacaré assado e *kédjénou* de elefante, pratos imaginários e espetaculares... Ele se diverte assim com os hábitos de consumo da garota que quer parecer o que não é. A estrofe bem conhecida, cantada por toda a criançada dos bairros populares das grandes cidades subsaarianas, é esta:

> Digo: querida Coco, o que você quer comer
> Sem hesitar, ela responde frango grelhado
> Digo: querida Coco, é frango que você quer comer,
> Frango é muito pouco, não vai matar sua fome,
> É jacaré assado, o que você vai comer
> *Kédjénou* de elefante, vou pedir para você
> Ela fica zangada e volta para casa...*

Ninguém vai achar que os autores dessa letra fazem literatura. Mas a música desperta uma pergunta filosófica interessante: comer é um ato inocente? Não para Antou, a heroína da história, nem para muitos africanos que não precisaram ler Cioran para perceber a dimensão subliminar de cada refeição. Antes de emigrar para a França, o autor de *Syllogismes de l'amertume*** "costumava sempre comer como um animal, inconscientemente, sem prestar atenção no que significa comer". Em Paris, onde morou em um hotelzinho do Quartier Latin, via todo dia de manhã o gerente, a mulher e o filho se reunirem para organizar o cardápio: "Eles o preparavam como se fosse um plano de batalha"! Foi então que compreendeu que

---

* "Je dis chérie Coco qu'est-ce que tu vex manger/ Sans même hésiter, elle me dit poulet braisé/ Je dis chérie Coco, c'est poulet tu veux manger,/ Poulet est trop petit, ça ne peut pas te rassasier,/ C'est caïman braisé, tu vas manger/ Kédjénou d'éléphant, je vais te donner/ Elle est fâchée, elle dit, elle s'en va à la maison..."(N.T.)

** Cioran, *Syllogismes de l'amertume* (Paris, Folio Essais, 1987). (N.T.)

"comer é um ritual, um ato de civilização, quase uma tomada de posição filosófica..."[1].

O que nos ensina Antou com sua filosofia dos cardápios? Lembra primeiro que, em todas as sociedades humanas, os esquemas de consumo foram, em todas as épocas, um poderoso símbolo de poder. O que se come e, em geral, o que se consome define se não o que se é (e o lugar que se ocupa na escala social), ao menos o que se quer ser. Faz pensar também nas diversas maneiras de conceituar as questões alimentares. Um primeiro método dominante nas ciências sociais é inspirado pela crítica da sociedade de consumo e do consumismo e consiste em analisar a economia política da produção e da distribuição, questionando as motivações dos diferentes atores e as relações de força entre eles. É a abordagem – muitas vezes maniqueísta – que costuma ser adotada por muitos geógrafos ou sociólogos da fome, nutricionistas e microeconomistas. Outro modo de proceder consiste em focalizar, à maneira de Roland Barthes, os modos de elaboração dos valores e os ritos de poder revelados pela relação com o alimento. A história de Antou permite explorar o niilismo da volúpia que se depreende do comportamento à mesa na África.

Civilizar pelo prazer

Toda reflexão sobre os significados do comer e, em geral, sobre a economia das vivências culturais logo depara com o que dizem antropólogos e sociólogos. A partir de um trabalho empírico efetuado principalmente com comunidades indígenas da América Latina, Lévi-Strauss explicou, por exemplo, os sistemas de coerência interna

---

[1] Cioran, *Entretiens* (Paris, Gallimard, 1995), p. 28. [Ed. bras.: *Entrevistas*, Porto Alegre, Sulina, 2001.]

às vezes invisíveis que explicam os hábitos de consumo. Descreveu e interpretou com muita intuição os sistemas lógicos e as funções alimentares, os interditos e suas justificações, os problemas de compatibilidade e de incompatibilidade etc. Destacou as regras por vezes não escritas que cada sociedade se dá quanto aos rituais e à gestão das questões alimentares, e à submissão a certa ordem do mundo que nisso se pode perceber. Sua conclusão: a cozinha "é uma linguagem na qual cada sociedade codifica mensagens que lhe permitem mostrar ao menos uma parte do que ela é".

Mas suas análises querem ser perenes e costumam apresentar sociedades em que a ordem social parece imutável e os atores são quase sempre passivos. Tudo acontece como se cada regime alimentar estivesse no registro predeterminado de uma ordem "normal" das coisas. Como todo vetor de expressão de si, a linguagem alimentar é também um instrumento de organização social e está permanentemente sujeita a questionamentos e ajustes. Logo, é mais instável do que julga Lévi-Strauss. A história de Antou confirma isso: em Abidjã ou em Kinshasa, é de modo bem consciente que as práticas alimentares têm uma carga de significados. Comem-se certas coisas em certos lugares, em certos momentos e de certa maneira para mostrar a todos como cada um se define e como gostaria de ser visto e tratado. Há um voluntarismo na escolha do que se come e no jeito de fazer isso que destoa nitidamente das observações estáticas que satisfazem os antropólogos.

Pierre Bourdieu propôs uma análise mais dinâmica dessa questão, insistindo na estratificação da sociedade em classes sociais e na ideia de uma estética dos gostos burgueses oposta à pretensa vulgaridade dos gostos populares. Aqui, a atitude de Antou nos leva a evitar os maniqueísmos. Na África, mais do que em outros lugares, as fronteiras dos grupos sociais são porosas e incertas. A oposição sistemática entre as práticas alimentares de burgueses e pobres é quase sempre inoperante porque é instável: todo mundo ambiciona (ou é obrigado em certas ocasiões) exibir os mesmos hábitos de consumo. A garota não hesita em pedir frango grelhado para comer como os burgueses pelo menos uma vez. E pouco lhe importa se o amante ocasional faz uma gozação, propondo jacaré assado ou *kédjénou* de elefante...

Além disso, os determinantes do que se consome em cada sociedade são muito variáveis, pois dependem às vezes tanto da necessidade (clima, geografia) como da tradição (história, cultura). Incluem uma parte considerável de irracional e de mistério. Convém notar, aliás, que os hábitos de consumo se enunciam no âmbito de um fundo cultural sempre evolutivo. O arroz que aparece hoje como prato básico em grande parte da África saeliana foi lá introduzido há menos de um século. O pão que os bantos da África central consomem cotidianamente como se fizesse parte integrante de seu imaginário longínquo data apenas do período colonial. Assim como o uísque ou o champanhe que servem atualmente para efetuar e validar certos rituais entre os mais importantes das cosmogonias africanas.

Comer nunca foi um ato banal ou sem significado. Em todos os tempos e lugares, o ser humano sempre conferiu a essa necessidade fisiológica um valor simbólico e um significado quase metafísico. Vetor de interação social e, ao mesmo tempo, quadro de redefinição e de validação das identidades individuais e coletivas, o ato de comer foi sempre ocasião para famílias e grupos sociais trocarem sinais de conivência, modos de decodificar relações de força sobre a ordem social vigente. Esse ato toma um sentido particular nas regiões onde dominam a fome e a pobreza. Nesses casos, as opções alimentares e a maneira como são vividas e assumidas tornam-se um luxo a que nem todos têm acesso. Da mesma forma, a recusa de comer ou a autoprivação em relação a certos tipos de alimentos corresponde a diversas cosmogonias e éticas sociais.

Na África, onde milhões de pessoas sempre dormem com fome, comer não é apenas um imperativo biológico. Nos países em que a penúria domina o imaginário, é um momento de libertação e de prazer. Comer é também uma maneira de participar das técnicas de valorização de si, isto é, de uma instalação e de uma negociação da relação consigo e com os outros. É, enfim, um modo socialmente instituído do conhecimento de si, uma formulação da subjetividade. Além da simples concupiscência, o ato de comer pode ser analisado como um desses *aphrodisia* (atos, gestos, contatos que dão prazer) tão procurados pelos gregos e pelos romanos.

Os lugares e os rituais de alimentação também são reveladores da ética das civilizações. *Comer* pode assim tomar uma forma intimista e privada que permite ao chefe de família estruturar o diálogo e a relação dentro do lar (homem-mulher, pais-filhos etc.). Pode também ter uma forma semiprivada que oferece aos membros de um grupo social a ocasião de interagir sobre assuntos fúteis ou delicados e graves, mas em uma atmosfera amena, equilibrada pela organização do diálogo em torno de um ritual de comidas e bebidas especialmente preparadas para modular as tensões. Pode, enfim, ter uma forma pública em que o comer se transforma em verdadeiro banquete, no qual o que se consome tem menos importância que a simbólica da refeição, a qualidade do cardápio, a identidade e o *status* social dos convivas, a solenidade do lugar, a imponência do ambiente, o tipo de música que se ouve nesses momentos etc.

Em sua contribuição à *História da vida privada*, Paul Veyne lembra que, no tempo do Império Romano, o banquete era considerado uma cerimônia de civilidade. Era a circunstância em que o indivíduo saboreava o que era e mostrava isso a seus pares.

O banquete era muito mais que um banquete, e esperavam-se considerações gerais, assuntos elevados e reminiscências; se o dono da casa tivesse um filósofo doméstico ou um preceptor dos filhos, ordenava-lhe que tomasse a palavra; interlúdios musicais (com danças e cantos) executados por profissionais contratados podiam dar destaque à festa. O banquete era uma manifestação social, bem mais que um prazer gastronômico... [2].

Por isso, o banquete tanto serve para afirmar-se em privado, no âmbito familiar ou pessoal, como para oferecer uma ocasião de o homem público se definir aos olhos de seus iguais.

As mesmas considerações aparecem nos ritos burgueses do século XIX na França: fazer uma refeição não é apenas comer, é criar felicidade. Madame Celnart escrevia, aliás, em seu *Manuel des dames*, de 1833:

> Não é só quando há estranhos que se deve cuidar das honras da mesa, deve-se fazer isso para o esposo, para civilizar a casa. Uso esse termo de propósito, pois o que distingue a civilização é imprimir à satisfação de todas as nossas necessidades um aspecto de prazer e de dignidade.

De fato, a mística do consumo alimentar está quase sempre ligada à extinção do déficit de dignidade sentido e à afirmação identitária individual e coletiva. Os estudos empíricos dedicados às decisões de consumo em diversas regiões do mundo confirmam: os

---

[2] P. Veyne, "L'Empire romain", em Philippe Ariès & Georges Duby (org.), *Histoire de la vie privée en Occident: De l'Empire romain à l'an mil* (Paris, Seuil, 1985), t. 1, p. 175. [Ed. bras.: *História da vida privada: Do Império Romano ao ano mil*, São Paulo, Companhia das Letras, t. 1, 1990.]

hábitos de consumo mudam com o aumento da renda e indicam certo cuidado consigo. Quanto mais uma sociedade enriquece, mais as populações consomem nutrientes e mais as fontes desses nutrientes se modificam. Estimativas econométricas da demanda de comida e de nutrientes nas zonas rurais do norte da China mostram, por exemplo, que o que é destinado às despesas alimentares muda consideravelmente à medida que a renda das famílias aumenta. A importância nutricional dos cereais diminui progressivamente em favor de produtos alimentares mais caros, como a carne. A mesma evolução dos gostos e preferências alimentares é observada na Índia, onde estudos revelam que as populações, à medida que melhoram de vida, abandonam o consumo de cereais em favor do consumo de laticínios e de carne.

O nutricionista e o economista podem contentar-se com essas constatações. O filósofo deve tentar descobrir os significados e os quadros éticos que se enunciam por trás da estética da mesa. É claro que as mudanças observadas na estrutura das despesas alimentares não refletem apenas a elevação do nível de vida. Correspondem também a uma evolução geral dos hábitos alimentares através do mundo, e isso em todas as classes sociais. A uniformização dos cardápios e dos modos à mesa – que pode ser constatada pelo aumento acelerado do número de McDonald's no planeta – mostra, ao menos parcialmente, essa ocidentalização geral do gosto e da cultura. Mas, além das considerações sociológicas, as escolhas alimentares são essencialmente vetores de sentido.

Nas regiões do mundo onde as situações de penúria alimentar são fonte de humilhação cotidiana, o que se come é quase sempre um poderoso vetor identitário e um símbolo de poder. Os cameroneses falam de "política do ventre" para designar a percepção, no subconsciente coletivo, das estratégias individuais de acumulação e de posição social, dos modos de acesso às instâncias de dominação –

e, portanto, de legitimação de si. O que se come participa de uma cultura de poder e expressa um etos da munificência, assim como um ritual de pertencimento a certa rede relacional. Antou, a heroína da canção, não deve se envergonhar das ambições éticas que demonstra por meio de seus gostos alimentares e que suscitam o sarcasmo do jovem amante: suas escolhas expressam uma filosofia do amor-próprio e da busca de dignidade.

Estética dos prazeres e epicurismo social

A estética dos prazeres do ventre depende também dos lugares e das circunstâncias. É preciso ter assistido a um banquete organizado por ocasião de um "grande" casamento em Duala ou em Iaundê para avaliar essa simbólica do ter e do ser. Tais eventos, que chamam a atenção de todos os altos executivos do setor privado e do governo, acontecem em geral no sábado à noite e constituem a apoteose de um processo de celebração que se estende às vezes por semanas. O fausto, o aparato e o luxo definem não apenas o "êxito" ou o "fracasso" das cerimônias, mas também o lugar que os noivos e suas famílias julgam ocupar na escala social.

As famílias gastam todas as suas economias ou se endividam para organizar jantares aos quais as pessoas vão tanto para ver e observar quanto para serem vistas e admiradas. Organizadores e convidados, todos se preparam com muita antecedência. O lugar é meticulosamente escolhido, pois precisa mostrar a importância e a solenidade que as famílias querem dar ao acontecimento. Os maiores salões de banquetes do país são requisitados: um jantar de casamento na alta sociedade só é considerado um "sucesso" se for realizado no grandioso Palácio dos Congressos ou no hotel Hilton, o mais luxuoso do país.

Um programa minucioso da noite é elaborado, impresso em papel glacê e enviado junto com os convites. Como nas cerimônias oficiais mais fúnebres, prevê em geral horários exatos de chegada para as diferentes categorias de convidados. Os de maior prestígio são acomodados em um espaço especialmente reservado em torno da mesa de honra, aquela onde estarão os noivos e suas famílias. Trata-se em geral do ministro Fulano, do general Beltrano, do milionário local ou do *Feyman*, o último malfeitor na moda, aquele de quem todos falam com prazer. O grau de prestígio reconhecido a cada uma dessas personalidades depende de seu poder de influência e de sua suposta boa situação financeira – e não de uma possível liderança moral e social.

Rapazes e moças vestidos a rigor recebem os convidados e os levam até a mesa que lhes foi reservada. Cada mesa comporta dez pessoas – porcelana de Limoges e talheres de prata da Christofle nos casamentos mais chiques – para permitir que os convidados conversem; há também uma seleção de excelentes aperitivos. A sala de banquete costuma ser decorada com as cores da família do noivo ou da noiva – a primazia é da família em melhor situação financeira, deixando de lado os costumes ligados à tradição ou à linhagem. De fato, durante as sessões de preparação para essas grandes cerimônias, há ásperas negociações entre os representantes das duas famílias a fim de determinar qual delas vai ter a maior lista de convidados ou financiar os principais eventos da noitada.

Para dar ao acontecimento toda a solenidade possível, chegam a ser contratados animadores profissionais (apresentadores de televisão, humoristas e artistas conhecidos). O jantar fica assim entremeado de números musicais ou esquetes para distrair os convidados e exaltar os méritos das famílias dos nubentes. São também propostos jogos de azar ao longo do jantar, como loteria e outros sorteios, para distribuir presentes a alguns convidados sorteados.

Quando os convidados estão instalados – o que leva em geral várias horas, porque são muitos e chegam em ordem dispersa entre 8 horas da noite e 1 da manhã, independentemente da hora que estiver indicada no convite –, o aperitivo é servido: uísque, champanhe e vinho. Muitas vezes uma das famílias faz uma encomenda especial de champanhe ou vinho francês cujos rótulos trazem impresso o nome dela... Bebe-se então vinho de Bordeaux em garrafas com a indicação Castelo "Família X" e o *millésime* com a data do casamento.

A refeição é um ritual marcado pela seriedade. Começa com entradas que não correspondem aos hábitos locais nem aos gostos culinários conhecidos, mas são muito apreciadas pelo prestígio que seus nomes despertam: salmão defumado, caviar e *foie gras,* nos meios mais refinados; saladas à francesa com os temperos mais elaborados. Depois, passa-se para os pratos quentes, variados e abundantes. Queijos franceses, holandeses ou suíços e sobremesas vêm em seguida. A apoteose é o famoso bolo de noiva feito pelo melhor confeiteiro e degustado com champanhe francês...

Brindes e discursos fazem parte do cerimonial. De vez em quando, um convidado mais alegre toma a palavra e despeja frases e mais frases que parecem agradar aos convivas. Discurso à glória dos noivos e das famílias ou piadas ambíguas sobre a filosofia do amor, pouco importa: todos riem e aplaudem, em um ambiente jovial. Tudo isso é acompanhado de músicas apropriadas – há até reuniões de trabalho para decidir a ordem em que as composições devem ser tocadas.

Poucos convidados gostam de música clássica, que é o ponto alto da festa. Mas todos conhecem sua importância no contexto: é o símbolo do sucesso. Logo, quase religiosamente, todos ouvem adágios de Mozart ou concertos para violino de Beethoven, cuja *Nona*

Sinfonia é muito escolhida desde que se soube que seu título é *Hino à alegria*... Felizmente, não duram muito; como uma pausa intermitente e um pouco tediosa que se tolera porque faz parte do ritual aceito, os intermédios de música clássica são regularmente entrecortados de canções camaronesas ou congolesas. Passa-se sem transição das melodias langorosas de um oratório religioso do século XVII para os ritmos frenéticos do último *makossa* mais seco ou do *ndombolo* menos romântico. Haendel e Monteverdi coabitam com Koffi Olomidé. E, quando o mestre de cerimônias ordena ao *disc-jockey*: "Depressa! Uma música adequada para a hora da comida! Algo que dê apetite!", lembramos de Louis de Funès, gritando no meio de uma refeição no filme *L'Aile ou la cuisse*: "Não, Wagner, não! Wagner é para a sobremesa!".

Esse tipo de festas de casamento é apanágio da alta sociedade urbana. Mas, mesmo que nem todo mundo tenha recursos financeiros para tais extravagâncias, muita gente de camadas sociais menos favorecidas tenta reproduzir esse esquema. Até quando são mais sóbrios, o cardápio razoável e os convidados modestos, a propensão ao exagero é um reflexo social daqueles que têm pouco. Também eles dão um significado filosófico aos lugares e rituais da alimentação. Nos bairros pobres, as raras festividades que podem ser oferecidas são muitas vezes a ocasião de celebrar a familiaridade e a camaradagem, e também de exaltar o eu coletivo.

Ética e significado moral do gosto

Comer faz parte da ética e da moral. Existe uma moral dos banquetes e das orgias, isto é, o conjunto de valores e regras de ação não escritas a que estão obrigados os cidadãos, nas festividades privadas e públicas, pelas instituições sociais (família, Igrejas,

Estado). Essa moral da festa tende a provocar em cada indivíduo maneiras de ser e de fazer, "moralidades de comportamento" que podem ser conscientes ou inconscientes. A ética individual é a maneira pela qual cada cidadão se integra no *corpus* de prescrições em vigor e se constitui livremente sujeito moral do grande código social. A ética alimentar de Antou é uma ilustração desse modo de sujeição e da maneira como cada cidadão se sente obrigado a acionar o sistema de regras e de valores sociais. Essa ética negro--africana que tenta fazer da vida uma obra de arte tem como substância tanto os *aphrodisia* quanto o desejo, a concupiscência e a carne. Mas não é submissão cega a um código moral; é uma escolha pessoal estética e filosófica.

Comer é também uma estética de si. No contexto africano, é um ato que esclarece vários tipos de moral radicalmente diferentes; uma moral da miséria que consiste em amoldar-se escrupulosamente às regras sociais e obedecer às injunções dos que ditam o que deve ser considerado em todas as circunstâncias o comportamento apropriado; e uma nova moral negro-africana voltada para a ética cujo princípio é dar-se prazer transformando a própria vida, insuflando-lhe constantemente uma preocupação estética. A atitude de Antou, jovem rebelde que rejeita a boa educação, a boa consciência, o minimalismo alimentar e a censura de seus gostos, representa uma interessante problematização da ruptura entre essas duas morais. Constitui também uma atitude de modernidade, pois exprime a invenção de si. Como dizia Michel Foucault: "Ser moderno não é aceitar-se tal qual se é no fluxo dos momentos que passam; é tomar a si próprio como objeto de uma elaboração complexa e dura". É emancipar-se da influência das prescrições morais em vigor e inscrever livremente sua ação na própria atualidade. No entanto, essa produção inventiva de si não pretende reafirmar a primazia do sujeito soberano e individualista. Ela segue uma lógica de sujeição ao mesmo tempo autônoma e solidária de seus concidadãos.

Certos gostos e sabores estão associados precisamente a uma atitude mental ou a uma ética do caráter. Enquanto no Ocidente o "doce", por exemplo, evoca juízos morais desde meados do século XVII, no sul do Saara ele tende a evocar certa forma de candura e imaturidade, e até fraqueza e ingenuidade. É "naturalmente", portanto, que esses gostos e sabores são reservados às mulheres ou às crianças – é mais apropriado que só consumam em público bebidas doces, mesmo se forem alcoólicas. A preferência das mulheres vai então para os vinhos suaves ou licores importados. O consumo de alcoóis "fortes", que incluem tanto a cerveja tradicional ou importada quanto as bebidas exóticas tipo uísque, revela uma adesão aos valores positivos de força, coragem e resistência. O consumo do "forte" é em geral acompanhado de refeições muito temperadas ("apimentadas"), símbolos também de força e virilidade. Essa combinação de "forte" com "apimentado" é, aliás, um ritual de passagem para a idade adulta, a afirmação de uma virilidade indiscutível, a admissão no terreno dos grandes. E, quando uma mulher tem propensão para o consumo de licores e pratos apimentados, é admirada e ao mesmo tempo temida, e as pessoas começam a duvidar da virilidade de seu companheiro... Na República de Camarões, não haverá hesitação em perguntar a este último: "Quem canta de galo na sua casa?".

As bebidas alcoólicas gasosas, como os vinhos espumantes e o champanhe, perturbam um pouco essa ordem moral, pois a solenidade que lhes está associada transcende as categorizações e as etiquetas sociais. Celebram a alegria de viver, e todo mundo tem direito a isso. Em vista do princípio de democratização da felicidade, fica assim permitido a qualquer um saborear, por exemplo, o gosto delicioso do champanhe que encarna o apetite de viver – valor primordial comum às sociedades africanas. As bolhinhas gasosas são a expressão da efervescência e do brilho de uma vida que se deseja alegre e cheia de vigor. O estouro da rolha que voa longe e é seguido de uma salva de palmas, a transparência solene dessa bebida pura e refinada – forte, que não pode ser bebida de um só trago, mas suave, que não embebeda se não se passar da primeira taça –, a exigência de respeito pela temperatura adequada, pois o champanhe deve ser bebido bem fresco, tudo isso faz parte de uma ética social e de uma nova ritualização do gosto.

Essa mania coletiva pela orgia de luxo não impede que muitos cidadãos cultivem outras formas de distinção e optem por comportamentos atípicos. Há assim um número crescente de vegetarianos entre os executivos africanos – sobretudo os que estudaram no estrangeiro. Se ser vegetariano em Calcutá não é nada demais pois faz parte dos hábitos de muita gente, em Dacar ou em Duala ainda é um pouco estranho, o que permite situar-se no imaginário coletivo na mesma categoria de personagens míticos e vegetarianos como Confúcio, Platão, Leonardo da Vinci ou Kafka. Há os seguidores de crenças e práticas religiosas que recomendam esse modo de vida, por necessidade de exotismo intelectual ou preocupação niilista da diferença. Outros procuram tal comportamento para cultivar uma imagem pública de pureza e sobriedade que os possa distinguir da massa. Mas tais esforços não são necessários: "Às vezes somos tão diferentes de nós mesmos quanto dos outros", dizia François de La Rochefoucauld.

Logo, foi a garota Antou quem compreendeu as coisas: o hedonismo que seus gostos revelam é, antes de tudo, o vetor de seu combate pela dignidade. Comer em tempos de penúria não pode ser um ato neutro. Além das exigências biológicas, é também o meio de expressar seu engajamento na luta da vida, de agarrar-se à existência, de proclamar sua coragem, de conseguir uma pequena vitória – efêmera, é verdade, mas que não deixa de ser uma vitória – contra a morte; a morte que ronda com a impertinência e a constância de um credor furioso. Vistas sob esse ângulo, as ambições alimentares da moça se explicam: não se trata apenas do desejo muito geral de distinção exposto por Pierre Bourdieu; para além do princípio de prazer, que é uma dimensão essencial da arte de viver na África subsaariana, suas escolhas são também a expressão da luta contra o fracasso, contra a indigência, contra a miséria. E permitem que ela se achegue ao campo dos grandes, ao grupo social das pessoas respeitadas. A mensagem é clara: a miséria não vai humilhar seus sonhos, sua busca inextinguível de dignidade e respeito. Seus gostos fora de propósito – se julgados pelos critérios de racionalismo econômico – não provocam desprezo, e sim admiração. Embora superficiais, transmitem essencialmente o desejo de afirmação de si e a necessidade de reconhecimento da humanidade daqueles que, como os heróis de Fernando Pessoa, querem ter almas grandes, apesar de seus minúsculos destinos.

III
Poética do movimento
Visões da dança e da música

"Gosto da música congolesa: mesmo quando é ruim, ela fala ao corpo."

Sony Labou Tansi

"Sem a música, a vida seria um erro."

Nietzsche, *O crepúsculo dos ídolos*

Reminiscências de música e de dança embalam minha memória de africano. Desde pequeno, a encenação do movimento sempre forrou meu imaginário e marcou o campo de meus sonhos. Minha mãe não se contentava em distrair os filhos cantando: ela passava as palavras para formas sonoras e lhes dava um aspecto visual e às vezes espetacular que amansava a alma mais rebelde. Quando cozinhava, observava meticulosamente a maceração dos alimentos nas panelas e mostrava seu contentamento com passos ritmados em torno do fogão, cantarolando *Kaful Mayay*, do congolês Tabu Ley Rochereau, e *Makambo Mibale*, do grupo Les Bantous da capital.

Quanto a meu pai, seu imenso gosto pela vida se manifestava por explosões imprevistas de alegria inexplicada e contagiante. Isso se refletia na sua propensão a valorizar a expressão corporal, às vezes até fora de casa. Quando havia engarrafamentos, ele puxava o freio de mão e deixava o volante para dar uns passos de dança no meio da rua, como se a música tocada na rádio lhe fizesse cócegas pelo corpo todo. Nossos vizinhos em Duala, Iaundê, Mbalmayo ou Akonolinga acabaram se acostumando com suas manifestações noturnas: sem nunca se sentir culpado, mesmo que fosse meia-noite ou três da manhã, ele abria as janelas para sentir a brisa quente da madrugada, pegava o velho violão e, entre dois goles de cerveja, berrava uma melodia pagã com a voz rouca e na base de acordes incertos.

Meus pais não eram nada extravagantes. Hoje, esse comportamento seria considerado anódino no mundo negro, onde dança e música formam o fundo sonoro e estético da vida cotidiana. Não porque "a emoção é negra e a razão é helênica", como afirmou Léopold Sédar Senghor em um arroubo de *negreza*. Mas simplesmente porque as artes musicais se impõem às vezes aos nossos próprios olhos como vetores eficazes de expressão de nossas verdades mais íntimas. Compreende-se que Sócrates tenha começado a estudar música no dia em que pronunciaram a sua sentença de morte...

A força insidiosa da dança é de fácil explicação: é a arte mais próxima da experiência do vivido. Provoca o corpo humano com a máxima intensidade e faz com que ele atue em seu ambiente. É também uma teoria do movimento, que permite a comunicação com os outros por um processo de transferência cinética e o estabelecimento, por exemplo, de um diálogo silencioso, mas intenso, entre o dançarino e seu público[1]. Essa troca intimista de palavras mudas basta a si mesma.

A legibilidade filosófica da música é menos evidente. Não só por seu aspecto não discursivo e simbólico, mas sobretudo porque a linguagem e amplitude das emoções que suscita são bem mais vastas do que o registro no qual são enunciadas as palavras. Elvis Costello advertiu os que se arriscam a trasladar um modo de expressão artística do meio em que foi criado para outro: "Escre-

---

[1] John Martin afirma que os movimentos do dançarino provocam estímulos cinéticos aos quais o público reage em geral com invisíveis mímicas musculares (cf. *The Dance in Theory*, Hightstown, Princeton Book Company, 1965).

ver sobre música é como dançar a respeito de arquitetura. Uma ideia realmente estúpida". Platão insinuava o mesmo quando distinguia o inteligível do sensível, o ideal do artístico. Julgava que a música é um meio de outro universo cuja interpretação é muito delicada.

Transpor as sutilezas e os mistérios da música em palavras é com certeza um exercício arriscado. Mas a dicotomia sugerida por Costello e Platão não funciona na África, onde a música é inseparável da ideia. Em Kinshasa ou em Abidjã, a música chega a ser uma dimensão importantíssima das cosmogonias vigentes, e o pensamento não pode abdicar de seu papel de interpretação crítica. Papel ainda mais importante hoje porque, apesar do sucesso no mercado artístico internacional, danças e músicas africanas continuam discretamente marcadas pelo desprezo de sempre. Sinal desse desdém: os críticos de arte ocidentais, quando se referem à música africana, é sobretudo para enfatizar sua suposta africanidade – os ritmos "frenéticos", a tonalidade "jubilosa" e a instrumentação "colorida" – e raramente para considerar sua musicalidade intrínseca. Detêm-se nas filosofias niilistas e em seus aspectos mais superficiais.

Três fatos me vêm à lembrança e confirmam a ampla gama estilística e filosófica das artes musicais africanas: o primeiro é um recente baile camaronês em Toronto, em que a energia inalterável dos dançarinos em transe me fez pensar no niilismo sofisticado da freguesia dos bares populares africanos; o segundo está ligado à intensidade da experiência estética que tive ao escutar um álbum recente do músico congolês Lokua Kanza; o terceiro foi a minha primeira conversa com o camaronês Richard Bona, cuja obra e itinerário artístico mostram a recusa do conformismo e do epicurismo atribuídos sistematicamente à música africana.

A dança: uma prece niilista

Primeira lembrança: assisto ao baile anual da comunidade camaronesa em Toronto. Ao aceitar o convite, pensava prestigiar amigos desejosos de participar de pequena manifestação em que centenas de imigrados se encontram para desafogar a angústia do exílio e o estresse da vida urbana. Eu devia ter desconfiado de que não era um evento banal: o amigo que me hospedava, eminente professor de cinema na Universidade de Toronto, desencavou do fundo do guarda-roupa um belo terno bege. Se tivesse um chapéu borsalino, teria sido confundido com o Robert Redford em *O grande Gatsby*. A mulher dele passou boa parte do dia no cabeleireiro, e o resultado foi ótimo. Tanta elegância me obrigou, aliás, a trocar o terno que eu pretendia usar.

Centenas de famílias emperiquitadas se comprimiam no salão alugado para o evento. Pareciam decididas a celebrar o bem-estar conseguido pelo exílio canadense, além da saudade da pátria distante da qual sentem falta e cuja medíocre reputação não as torna culpadas. O programa da noite começou com apenas quatro horas de atraso. Ninguém reclamou: pelos padrões camaroneses, isso é quase o equivalente da trivial pontualidade suíça.

Como sempre nas festas camaronesas, tudo começa com um banquete – é preciso conjurar o espectro da fome que ameaça o imaginário coletivo. Cardápio cheio de pratos picantes, de condimentos vindos da África, com os cheiros da infância. Come-se depressa e bastante. Depois, os organizadores da festa têm direito ao seu minuto de glória. O mestre de cerimônias lhes oferece o microfone para se autopromoverem, prometendo que os próximos encontros serão ainda melhores. Discursos inaudíveis, mas aplaudidos com o máximo entusiasmo para mostrar a satisfação de ver os oradores deixarem o palco e todos os presentes poderem passar às coisas sérias: a dança.

Programado para as 21 horas, o baile começa enfim às 0h47. Já não era sem tempo: cansados de esperar, muitos convidados correm para a pista, pequena para tanta gente. Paciência. Ou, aliás, tanto melhor. Quanto mais apertados uns contra os outros mais aproveitam a intensidade do momento. O entusiasmo é enorme. A música parece infiltrar-se nos corpos e aparece nas fisionomias alegres. Duas canadenses perdidas na multidão saracoteiam ao máximo para mostrar-se à altura do frenesi geral. Uma antropologia do gesto talvez ajudasse a decifrar os arabescos místicos que elas desenham no ar com os longos braços. As músicas, todo mundo conhece. As letras não têm nada de transcendente, mas o salão em delírio repete às vezes em coro as palavras mais fáceis:

> Todo mundo está louco por ti
> Eu estou louco por ti
> Estou me lixando pra tudo
> Frotambo! Frotambo!...*

Tenho a impressão de estar enxergando mal quando vejo bem no meio da pista uma mulher grávida. Não, não é engano meu: lá está ela, ativa, concentrada, aérea. O fato de estar prestes a dar à luz não diminui em nada seu grau de excitação. Canta e dança com mais força do que os outros. Penso no futuro bebê que, do fundo da placenta, deve estar pensando no que lhe reserva a vida na terra.

---

* "Tout le monde est fou de toi/ Je suis fou de toi/ On s'en fout de tout/ Frotambo! Frotambo!..." (N. T.)

A música parece provocar reflexos incontroláveis. Ataca primeiro as asperezas dos corpos antes de remexer todas as impurezas. Desafia a rigidez e o volume, obrigando aos movimentos mais ousados e às contorções mais improváveis. Mulheres tímidas e espremidas nos trajes de festa se transformam de repente em gazelas intrépidas. Homens que nada têm de esportivos parecem ágeis como gatos, pulando, saltitando, sapateando, com maior ou menor elegância, ao ritmo dos berros roucos e dos gemidos que vêm dos alto-falantes. Parecem recordistas dos Jogos Olímpicos. O barulho lancinante do grande bombo da bateria parece extrair de todos esses homens e mulheres o pouco de mistério que lhes restava. Pelo gestual lúdico – traseiros que rebolam perigosamente, ancas que bamboleiam langorosamente, tocam-se e esfregam-se, seios imensos que cutucam bustos ofegantes, olhares ávidos de prazeres não dissimulados, mãos enxeridas que avançam bem abaixo da cintura – vêm à tona culpabilidades guardadas lá no fundo das almas. Se apagassem as luzes, aconteceriam muitas outras coisas. Para esses honestos cidadãos que pagam os impostos e tentam respeitar a lei, a dança é o modo de expelir não só o suor, mas também os maus pensamentos, os desejos inconfessáveis de violência e de outras coisas. Ela os libera do rancor dissimulado no fundo de seus corpos. Durante o tempo de uma canção, torna-os malfeitores tranquilos, delinquentes em liberdade. O niilismo está bem presente: os "maus desejos", as pulsões inconfessáveis, as tendências culpáveis estão por perto. Aliás, talvez sejam o segredo da festa. No fundo, segreda-me um vizinho de mesa, ajudam a suportar a existência.

Os movimentos são uma espécie de confissão: em alguns segundos, tenho a impressão de saber muito mais sobre cada um deles do que sobre meus vizinhos de bairro ou colegas de trabalho com quem convivo há anos. O observador apressado só verá nesse espetáculo o culto de prazeres fugazes, a manifestação desajeitada de pulsões sexuais e a exibição grosseira dos desejos do corpo. Ora, essas danças pagãs vão muito além de uma forma superficial de hedonismo. Constituem uma maneira de apropriação do tempo que passa, do tempo irrevogável. Cada segundo que desaparece para sempre é a ocasião de arejar a mente, oxigenar o cérebro, dominar a morte inexorável que se aproxima. Pelos ríctus faciais de alegria, percebo que, embora fisicamente a alguns metros de mim, eles estão na verdade a léguas dali, refugiados em um lugar fora do mundo onde acontecem milagres: o de conectar-se com a intimidade do outro e de reconhecer-se em pessoas desconhecidas; ou então de dominar o tempo da existência, de gozar esse tempo no imediato, sem a esperança de que tal felicidade seja acessível amanhã. Porque acreditam que pessimismo e otimismo são sinais de desequilíbrio mental e a busca do bem ou do mal não tem justificativa. A existência deve ser levada fora de qualquer juízo moral, na plenitude e intensidade noturna de cada instante, no aqui e agora.

Dançam também para sair do corpo e fugir de suas vidas miseráveis, apesar da abastança material. Dançam para escapar de um passado que continua agarrado a eles, apesar do exílio e do sucesso, e ameaça sempre trazê-los de volta para o horizonte da penúria. Dançam para vencer a má sorte. Seus gestos aleatórios são, portanto, uma prece niilista: ao recusarem sujeitar-se à linearidade do movimento, invocam deuses pagãos que podem oferecer-lhes um mundo isento da ditadura do inevitável, e uma vida em que os destinos individuais e coletivos não estejam predeterminados. A corrida para o nada exprime-se então qual celebração voluptuosa de uma vida fora da vida, de um lugar imaginário onde nos situamos para ignorar o real imperfeito e insuportável.

O fato de essa música de dança "falar ao corpo", como dizia o escritor Sony Labou Tansi, não lhe anula a vontade de enunciar um sentido. Através de seu niilismo, ela enuncia também uma ética da existência. A preocupação dos dançarinos não é fazer uma leitura filosófica das canções despejadas pelos alto-falantes, mas simplesmente experimentar seu poder encantatório e *vivê-las* plenamente. Ao observá-los, penso no niilismo ascético de Schopenhauer, filósofo do absurdo e teórico da ausência de felicidade, que afirma que "a vida oscila como um pêndulo. Da direita para a esquerda, do sofrimento para o tédio". Ele ficaria muito surpreso se constatasse o pouco caso que esses dançarinos fazem de sua filosofia minimalista. Nessa noite em Toronto, a desilusão não é enunciada no registro da modéstia e da amargura, mas sim sob a forma de desmedida e de excesso. Esse niilismo não precisa ser sofrido e ingênuo. Ao contrário, faz pouco das representações do tédio e da dor, e cultiva um epicurismo sem ilusões. A vida não vale nada, mas nada merece que a gente se inflija os sacrifícios do ascetismo. A orgia é então uma forma refinada de cepticismo.

Para outros, a dança é o vetor para o vazio, o meio de arejar a alma, de esquecer-se de si e chegar ao absoluto. Em certos lugares, alguns conseguem isso se desligando do mundo, experimentando substâncias ilegais, ingressando em seitas ou vivendo de ódio. É o niilismo da cólera. Na comunidade camaronesa de Toronto, celebra-se o niilismo da vacuidade. Mais refinado, consiste em:

> ausentar-se de tudo, mergulhar no mais profundo dessa ausência e purificar-se de todas as impurezas que mancham e atravancam o espírito. Libertar-se e triunfar de si, fazer-se de morto em plena consciência, isto é, isenta de qualquer conteúdo, liquidar toda herança mental – por um quarto de hora ou por um minuto[2].

---

[2] Cioran, *Cahiers: 1957-1972* (Paris, Gallimard, 1997), p. 650.

A dança é para limpar a mente dos sonhos vãos que tecem a trama do cotidiano. O requebro leva à verdade profunda de cada instante. O gingado ajuda a lembrar que não há nada a perder nem a ganhar da vida, nada que não seja fundamentalmente uma miragem. A existência pode então ser organizada de forma conveniente. Ao sair do salão já de madrugada, lembrei-me da frase de Herbert Spencer: "Nossas opiniões são determinadas por nossos sentimentos e não pelo intelecto".

A álgebra do mistério

A segunda lembrança está ligada ao mistério da experiência estética e ao sentimento de conseguir detectar alegorias e imagens sonoras de outro gênero de música africana – a do congolês Lokua Kanza. Certa manhã acordei com uma dose de desânimo maior que a de costume: sem vontade de fazer nada e menos ainda de encarar os 30 quilômetros de engarrafamento que me levam até o escritório. Há dias assim. Devo ter pensado muito no ativismo de meus "adversários políticos" para encontrar no subconsciente a força de sair da cama e me preparar para enfrentar a jornada.

Ao entrar no carro, peguei uma gravação de novas canções que Lokua Kanza me enviara. Ele tinha avisado que o trabalho ainda não estava pronto, faltavam muitos arremates. Mal liguei o aparelho, senti uma espécie de choque. Milagre instantâneo e transformação imediata: fim do mal-estar e do *desassossego*. Eu planava. Poderia dizer como Guy de Maupassant que já não sabia se respirava música ou se ouvia perfumes. Estava como preso dentro de cada arpejo de violão e de cada nota de sanza. Eu não conseguia ficar parado. Como minha mãe perto do fogão, eu cantarolava alto as músicas. Os congestionamentos e os motoristas abusados perderam de repente a importância. Aliás, estava com pena deles, que não podiam escutar aquela música. Minutos antes, tinha a impressão de estar fora do mundo e despojado da minha vida. E, no espaço de alguns acordes de violão, Lokua Kanza me trazia de volta e legitimava as razões da minha existência.

Ao chegar ao escritório, continuei cantando e dançando (sem música), muito à vontade no meu terno de lã azul petróleo. A gravata de burocrata não me atrapalhava os movimentos. Minha assistente indiana, uma corajosa mãe de família tão delirante como madre Teresa, parou de beber o chá e ficou me olhando com olhos mais esbugalhados do que os de costume. Terá achado que eu era a reencarnação de Shiva Nataraja, o dançarino cósmico? Não lhe dei a mínima atenção. Eu estava em transe. Em estado de pura levitação, como os faquires nos filmes hindus. Só depois que me sentei diante do computador e vi a cascata de recados "urgentes" que tinham chegado durante a noite e exigiam atenção é que voltei à realidade: crise monetária anunciada na Ucrânia, alta do barril de petróleo ameaçando a balança de pagamentos em vários países, correções estatísticas que aumentavam espetacularmente as taxas de pobreza no mundo...

Lokua Kanza: música da melancolia, música da embriaguez do desejo, música da fé, que chega a dar vontade de visitar o além. Sem barulho nem furor, ela anula o miserabilismo e a indigência atribuídos sempre à África. Mostra delicadamente sua nobreza e dignidade em acordes secos, que desfiam e destacam as notas, que se impõem com facilidade porque a orquestra deixa muitas vezes lugar para o solo do violão – como para lhe dar o máximo de oxigênio. Cada semitom, cromático ou diatônico, considerado a menor distância entre duas notas na música ocidental, é transformado em uma distância infinita em que o menor suspiro evoca o lufar do vento, e a onomatopeia mais anódina soa como um chamado sensual que se ouve somente na floresta tropical. Na penumbra de cada nota, uma luz perniciosa e insistente. No enigma de cada intervalo, diminuto, menor, maior, justo ou aumentado, melodias sutis e harmonias delicadas. Complexidade de ditos, não ditos e sensações equívocas. O Congo, país distante e às vezes sonhado, nunca estivera tão próximo.

Há sobretudo a voz que entontece, vai e volta sem ser excêntrica, cristalina e sombria ao mesmo tempo, cheia de melancolia enérgica. Quente e imperiosa quando desce, incandescente nos tons altos, é sufocante de doçura quando para e suas sílabas continuam a correr no subconsciente. A mais simples inflexão exprime inquietação apurada, dor purificada. Mas nada volúvel. Só uma clareza insuportável, uma volúpia austera, uma paz solene, um ar de prece, uma humilde imploração, uma familiaridade com o Eterno, um fervor nobre e tranquilo. Com esse algo extático no fraseado, lunar e sofrido, ela leva à confissão. Cheia de sinceridade, faria vacilar a alma mais áspera e levaria um assassino a confessar seus crimes. Suas modulações, trêmulos, vibratos e sonoridades menores comunicam algo além das palavras – algo anunciador, como uma improvável boa nova. Falar de otimismo seria exagero. Mas dá para evocar certa esperança, pois essa voz dissipa a escuridão e alivia o silêncio. Intimida a penumbra e permite a quem a escuta sentir o próprio coração, entrever a aurora que cada um traz em si. Dá folga ao pesadelo e torna credível a libertação.

Delicadamente tecidas como confissões e confidências, as canções de Lokua Kanza não têm o sentimentalismo primário dos clichês. São uma crônica dos "fastos do impasse existencial". Elegantes em sua sobriedade, inventivas em seu mistério e cheias de um sopro litúrgico, elas nos tornam familiar uma álgebra de palavras desconhecidas – palavras de *lingala* que, quando pronunciadas, se tornam parte de nossa respiração. Palavras que, por trás de seu véu de pudor, fazem passar um vento suave na consciência. A impressão então é que o céu esboça um sorriso.

Impossível, depois de escutá-la, é resistir à embriaguez do possível. Violões, percussão, sussurros de dores, murmúrios de alegria, poética de luminosa doçura. Sim, algo tão sublime tem de anunciar um novo alvorecer. Mesmo quando, por instantes furtivos, o caráter insidioso de um *leitmotiv* harmônico dá um aperto no coração ou o *legato* da melodia provoca um arrepio de tristeza, a perturbação tem sempre as cores do arco-íris: a amargura vem acompanhada de expressões de felicidade. O mistério acaba sendo esclarecido e compreende-se que essa voz profética traz a boa nova: o tempo nos pertence e a vida talvez tenha, afinal, um começo de sentido. A esperança já não seria apenas um *slogan*. Surge então a pergunta: onde foi parar o niilismo, considerado consubstancial à música dos bantos? Onde está a "música de dança", ao ritmo da qual milhões de africanos espalhados pelo mundo se requebram todo dia, de Duala a Toronto, como pensam alguns?

Talvez Pierre Souvtchinsky esteja certo: a criação musical e sua percepção são processos inatos de intuições organizadas sobre a experimentação do tempo. Para cada indivíduo, o tempo passa em um ritmo que varia em função das disposições internas e dos acontecimentos que afetam a consciência. Tem durações diferentes, conforme se esteja sujeito à angústia, ao tédio, à dor, ao prazer, ou se esteja à espera de algo. A percepção que cada um tem da música é determinada por processos psicológicos que têm um tempo próprio. As variações do tempo psicológico são perceptíveis porque estão ligadas às sensações que se tem consciente ou inconscientemente do tempo real – o tempo ontológico. Esteja essa percepção conforme ao decorrer normal do tempo ou dissociada dele, qualquer música estabelece uma relação peculiar entre a sua própria duração, o tempo que passa e as técnicas através das quais ela se manifesta. É possível assim distinguir dois tipos de música: a que evolui paralelamente ao processo do tempo ontológico, suscitando em quem a escuta a sensação de euforia em um convite mais direto à dança; e aquela bem distinta desse processo, não se limitando às unidades tonais, atuando sobre a instabilidade para expressar o inesperado e o imprevisível.

Em Lokua Kanza, o tempo musical varia em cada composição; às vezes, ele se pauta pelo tempo ontológico. A unidade estilística é então o princípio fundamental. A intensidade da experiência musical transparece na simples repetição das grandes linhas melódicas. Em outras composições, a persistência dos temas vem junto com uma profusão harmônica e uma variedade de contrastes, de cores tonais, com uma multiplicidade de atmosferas e até com o recurso ao contraponto; o ouvinte é convidado sub-repticiamente à experimentação do tempo psicológico. Em um ou em outro registro, a simplicidade das formas reflete bem mais do que modéstia na seleção dos elementos da música e na qualidade dos arranjos: traduz sobretudo a sinceridade de seu temperamento. A suavidade da orquestração e a opção pela mais forte emoção em detrimento do virtuosismo técnico sublinham a densidade musical de um trabalho cuja elegância atinge em cheio nossa medula. Aqui, a música não tapeia: não precisa de artifícios para ser sensual e elegante.

No percurso artístico de cada criador, chega o momento privilegiado em que, não precisando provar mais nada, ele se vê face a face com a própria consciência, livre dos imperativos impostos pela necessidade de agradar ou seduzir. É uma espécie de equilíbrio no qual aparece a singularidade de sua identidade. Esse instante raro tem a sombria beleza de um eclipse lunar. O artista deixa de aparecer como produtor de matéria cultural para ser apenas o escrivão de suas sensações, a testemunha do tempo presente, o redator das interrogações coletivas, o intérprete fiel de suas dúvidas. Lokua Kanza conseguiu chegar a esse ponto em seu itinerário musical. Tal trabalho vale como um retorno às fontes e a ele mesmo, movimento reflexivo cuja sobriedade não altera a justeza. Mesmo que não ofereça material para as danças dos compatriotas congoleses e da diáspora africana de Toronto ou de outros lugares, constitui esse espaço precioso no qual os historiadores do futuro irão trabalhar e satisfazer a sede de entender um continente que costuma ser chamado de fora do tempo, e da história, perdido em sua dor.

A precisão do caos

A terceira lembrança é a da minha primeira conversa com o músico camaronês de *jazz* Richard Bona. Foi na noite em que ele se apresentou em um concerto em Washington com Mike Stern. Tínhamos almoçado em um café de Georgetown e passado a tarde discutindo sobre a música africana atual, sua fama de frenética, suas novas correntes e sua estética. Disse-lhe que algumas de suas composições eram para mim fonte de emoção recorrente. E que cada nota, cada acorde, cada inflexão de voz parece o texto de um testamento, a última marca de um depoimento destinado a permanecer indelével na consciência de quem o escuta. Lembrando-lhe o que dizia François-Bernard Mâche ("A música serve para desbloquear os circuitos neuronais nos quais está inscrita em pontilhado desde a origem"), afirmei que seu trabalho me confirmava que a música também é uma atividade biológica essencial.

Lançou-me um olhar penetrante, apenas sorriu e continuou a tomar seu refrigerante e a mordiscar petiscos. Depois disse que, quem tenta compreender sua música limitando-se apenas à materialidade dela está confinando o trabalho analítico que ela propõe a um exercício superficial.

Para perceber a essência do sentimento antiniilista que caracteriza suas canções, convém explorar-lhes atentamente a forma e decifrar o processo criativo que as sustém. Seu postulado de base é a ideia simples de que toda música digna desse nome requer certo grau de organização – logo, um ato consciente. Senão, não passa de cacofonia insípida e revolta arbitrária. Como Igor Stravinsky, ele acha que a criação musical é antes de tudo um fenômeno especulativo, uma sequência de impulsos e estímulos que convergem para um ponto de serenidade – o instante de paz e tranquilidade. Mas conhece também as lições de vários séculos de exploração musical e não aceita seguir estritamente a rigidez do sistema diatônico e as exigências da tonalidade clássica. Sua arte da composição musical é bem mais rica do que o valor absoluto do sistema maior-menor ditado pela gama central do dó.

As mudanças sutis que Bona quer impor à topografia musical não chegam, porém, a destituir a melodia, que para ele permanece primordial. Sabe que, de todos os elementos da música, a melodia é talvez o mais precioso, aquele pelo qual se estabelece a conexão imediata com o ouvinte. Sabe também que a capacidade de produzir melodias inesquecíveis não resulta do trabalho intelectual, mas de um dom misterioso a que músicos de talento como Beethoven não tiveram direito. A melodia está sempre no cerne da alquimia musical, seja qual for a forma que ele escolha para se expressar. Sua abordagem da arte invalida a discriminação habitual entre música instrumental e música vocal: utilizando um ou outro meio, a intensidade e a riqueza melódicas permanecem intactas[3].

Também me disse que não reivindicava o rótulo de revolucionário da música – ele não defende o tipo de desordem que a ideia de revolução pressupõe. Sua posição é a de um integrista da estética, pesquisador e inovador. Vários fatores motivam tal posicionamento. Em primeiro lugar, seu percurso pessoal e espiritual: não se nasce impunemente nessa África envergonhada da pós-independência; não se escapa ileso de uma vida limitada pelo arbítrio e pelo mal; logo, não é possível ser conformista quando cada recordação da infância traz cicatrizes da dor e da violência (mostrou-me no alto da cabeça o enorme calombo que o pai lhe fizera ao quebrar a primeira guitarra, que ele o havia proibido de tocar). Nessa África, a música imita quase sempre a angústia existencial e as revoltas sociais do momento, reduzida a ser uma vulgata utilitarista que segue a marcha das coisas. É então uma forma de niilismo que se oferece ao povo para atiçar-lhe os baixos instintos ou para agradar seus minúsculos desejos de prazer. Mas, desde o início da carreira, Bona decidiu posicionar sua obra como reação ao grande blablablá nacional, reação à redução da música a instrumento de moralização social, reação ao uso mesquinho da arte para a manutenção dos desequilíbrios estáveis.

Seu itinerário artístico: embora tenha nascido na grande floresta equatorial e feito as primeiras experiências na extravagante desordem da música africana dita de variedades, Bona foi criado no *jazz* como outros o foram no leite materno; aliás, o fato de ele

---

[3] Basta, como prova, escutar suas composições nos álbuns de Mike Stern (*These Times*, 2004, e *Who let the Cats out?*, 2006). Nelas percebe-se bem o aspecto artificial das distinções entre "vocal" e "instrumental": cada meio interfere no outro e imprime sua marca na obra de criação.

mesmo ter sido responsável por sua educação, querendo ser um baixista tão bom quanto Jaco Pastorius, serviu de estímulo para seu desejo inabitual e seu empenho constante em aprimorar o lado técnico. Seu percurso emocional entre Duala, Paris e Nova Iorque – lugares onde os melômanos não se contentam com a aparência de uma obra, mas exigem verificar-lhe a essência – sedimentou sua abordagem da composição musical. Os críticos que escutam superficialmente seu trabalho se contentam com julgá-lo "inspirado". É preciso um exame sério e o estudo, por exemplo, das partituras de suas canções para compreender que a "inspiração" que emana de seu repertório é evidente, mas constitui, na realidade, um aspecto não prioritário do processo criativo. O essencial está em sua obsessão pelo equilíbrio, pela simetria e pela medida, isto é, ao pouco espaço que se deixa ao acaso.

É claro que Bona confia em sua inspiração, mas com precaução, e a "gerencia" com o rigor e a precisão dos caçadores tradicionais de feras do leste camaronês onde cresceu. As lições de vida e de técnica musical que acumulou em sua trajetória por vários continentes convenceram-no de que a criação musical não pode se limitar a algo tão fortuito e arbitrário como uma melodia inspirada. Deve, ao contrário, ser uma complexa cadeia de trabalho guiada e posta em ordem harmoniosa pelo instinto. Para ser credível, o instinto precisa estar apoiado no saber técnico e validado pelo trabalho. No difícil périplo do processo de criação, pensar que basta a inspiração para atingir a perfeição é uma grande tolice. Os dotes naturais para a invenção melódica não devem sujeitar-se apenas aos caprichos do imaginário. Têm de ser explorados e avaliados de modo crítico para permitir ao artista vencer e exaltar o acaso. Como Stravinsky, ele julga que "quanto mais a habilidade do artista for controlada, restrita e trabalhada, mais livre será". A criação musical faz parte de uma arte desordenada. Mas o processo só chega a um produto artístico digno desse nome se for bem dirigido. O compositor que queira deixar algo para a posteridade precisa ser dono de suas emoções e de seu imaginário. Deve buscar a precisão do caos.

Bona me disse que se impunha sistematicamente esse tipo de exercício. É provável que seja por isso que sua obra soe tão singular e surja como um desafio ao niilismo da ordem artística existente. Legatário de tradições musicais que vão de Francis Bebey e Manu Dibango a Milton Nascimento e Djavan, ele não se serve dessa herança como relíquia do passado do qual celebraria as reminiscências, mas sim para avançar em novos terrenos, que conquistou em descobertas e encontros diversos – Jaco Pastorius, é claro, mas também Harry Belafonte, Wayne Shorter, Joe Zawinul, Sadao Watanabe, Pat Metheny, Mike Stern, Herbie Hancock, Bobby McFerrin, Victor Wooten, entre outros. Para ele, a tradição é apenas um meio de renovar a criação. E a novidade é o instrumento pelo qual ele reexplora sua herança. Tal posicionamento lhe permite mudar as funções da música: ela já não se contenta com oferecer um fundo sonoro ao festejo que deve conjurar as dores do cotidiano quase sempre funesto, nem com celebrar o heroísmo confuso desse povo que gosta de reinventar seu passado, nem com acompanhar os sobressaltos do movimento social, nem com produzir um misticismo de segunda classe. Ela volta a ser objeto de especulação filosófica e lugar de exploração dos mistérios da alma.

Essa abordagem cosmopolita e antiniilista da música aparece em sua estética musical – sobretudo no uso de dissonâncias nas composições curtas *Kivu* e *Muto Bye Bye*. Ainda hoje, os integristas da teoria clássica postulam que uma "boa" frase musical deve terminar em uma consonância. Consideram a dissonância um elemento transitório, uma série de tonalidades incompletas que servem de pontuação. O papel técnico que lhe é atribuído consiste em suscitar o sentimento de espera para melhor destacar a força de resolução da consonância, a única capaz de concluir a construção oferecendo ao ouvido um acorde final mais adequado, pois já foi antecipado. Bona nunca se sentiu preso ao dever de satisfazer esses ouvidos meticulosos, habituados ao conforto suave das composições acadêmicas. Como certos precursores, não se vê obrigado a fazer que uma dissonância seja seguida por uma consonância. Para ele, consonância e dissonância são entidades individuais emancipadas das funções que lhes são prescritas pela velha teoria da música, utilizáveis independentemente uma da outra. Logo, a resolução não é nem obrigação melódica nem imperativo harmônico.

Outros compositores africanos tentaram esse mesmo tipo de mudança de paradigma, com menos êxito. Foi o caso sobretudo de Francis Bebey e Dollar Brand, que desejavam que o grande público se interessasse pelos aspectos "tradicionais" da música africana. Suas reivindicações bateram em um muro de silêncio, e a crítica bem-pensante logo os classificou de saudosistas de um passado findo ou de um mundo que nunca existiu. Suas composições julgadas incompreensíveis foram praticamente relegadas à categoria de caricaturas folclóricas para museus de arte negra criados em alguns pontos do Ocidente, seja por piedade, seja para aliviar a consciência.

As inovações propostas por Bona se diferenciam das tentativas precedentes: implicam uma linguagem mais densa e mais audaciosa, e a nítida vontade de se emancipar da anarquia espiritual e do simplismo agitado que formam o quadro dominante do que é chamado "música africana". Seu estilo difere nitidamente do minimalismo técnico que costuma reduzir essa música a uma gesticulação repetitiva, árida e lancinante. Suas composições são pontuadas de fulgurâncias e constantemente atravessadas pelo sopro do Universal. Professor de harmonia e de improvisação na Universidade de Nova Iorque, sabe explorar a riqueza das diversas tradições musicais – afro-americana, ocidental, latino-americana, indiana –, sempre privilegiando a coerência e a sobriedade que conferem autenticidade ao seu processo. Não tem necessidade da exuberância acadêmica que leva certos artistas africanos impregnados de teoria musical ocidental a se convencerem de que também se tornaram compositores "importantes". Pois o cosmopolitismo que se reduz a ecletismo estéril ou a simples jogo de virtuosidades é ineficaz. Em compensação, a busca do universal, firmada nos saberes técnicos e na sensibilidade do local de origem, lhe parece a via de salvação e a condição para livrar-se do niilismo medíocre dessas músicas de dança em que querem confinar os africanos.

IV
O sabor do pecado
Diálogo em torno do funeral de Deus

"Até Deus tem pecado, pois criou o mundo."
Provérbio búlgaro

Meu entrevistador não usava batina. Muito à vontade, brincalhão e bem disposto, o padre católico com jeito de *playboy* foi a minha casa levado por uma senhora gentil e calada que ele chamava de "minha filha". Talvez por isso eu lhe tenha falado sem vacilar de Deus, de fé, de ética religiosa, de feitiçaria e de muitos outros assuntos aos quais nunca me referia em público. Ele estava de passagem por Washington e me pedira uma entrevista para a revista quinzenal camaronesa *L'Effort*, da qual era redator-chefe. Nunca o vi mais magro nem mais gordo, mas logo concordei em recebê-lo achando que vinha por indicação do cardeal Christian Tumi, arcebispo de Duala e um de meus conselheiros quando passei por momentos de infâmia política[1].

Crise de nervos no Vaticano

Conversamos durante horas. Diante de algumas das minhas afirmações, ele arregalava os olhinhos maliciosos e apertava rápido o botão do gravador, mas sem perder o bom humor. Para minha grande surpresa, fiquei sabendo semanas depois que a entrevista havia sido recusada sem explicação pelo jornal e que o padre já não era o redator-chefe. Havia sido "chamado para outras funções", como costumam dizer.

---

[1] Cf. C. Monga, *Un Bantou à Washington* (Paris, PUF, 2007, col. Perspectives critiques).

A entrevista não devia ser a causa dessa destituição deselegante e sem explicação. Mas o padre estava orgulhoso de ter conseguido o que considerava confissões e insistia em vê-las publicadas nas colunas da revista que o demitira brutalmente. Não houve jeito: o novo redator não aceitou a oferta com medo de desagradar aos superiores hierárquicos. Furioso, o padre ofereceu o texto a um jornal local, que logo o anunciou na primeira página como um furo jornalístico. Ávidos de sensacionalismo e de especulação, os leitores camaroneses correram para adquirir um exemplar do jornal.

Tudo isso contribuiu para irritar ainda mais as autoridades da Igreja Católica camaronesa. Esses proprietários embatinados da palavra divina reagiram sujeitando a uma mini-inquisição o abade "herético"e o redator-chefe do jornal independente que cometera o crime de lesa-Vaticano ao publicar minhas declarações. No entanto, as duas vítimas tinham tomado a precaução de indicar claramente na apresentação da entrevista que a responsabilidade das declarações era toda minha e não do entrevistador ou do jornal que as publicava! O fraco subterfúgio não satisfez a sede de vingança das autoridades eclesiásticas, apoquentadas por uma única pergunta: como um padre experiente tinha caído em uma espécie de manobra sorrateira para demolir a verdade imutável da Bíblia?

O arcebispo de Duala, meu mestre, ficou em silêncio. A tormenta ocorria, porém, no âmbito de sua autoridade administrativa e espiritual. Quanto ao núncio apostólico, conhecido como eminente membro da comunidade diplomática local, não se fez de rogado para mostrar o excesso de tolerância a meu respeito. Ao entrever em minhas palavras sinais de sortilégio que o tiraram do sério e dos bons modos, convocou sem mais essa nem aquela, assim que saiu a entrevista, o coitado do padre em Iaundê, forçando-o a percorrer, de noite, centenas de quilômetros por uma estrada perigosíssima. Um pedido de explicações formal, chegado diretamente do Vaticano, foi exigido com rapidez. Deixando de lado (provisoriamente?) os ensinamentos de Cristo, esquecendo até que passara anos cultivando a imagem de militante da democracia e da liberdade de opinião, convocou também o redator-chefe do jornal que publicara a entrevista – também ele convencido de que sua fé inabalável em Deus o destinava ao paraíso – para manifestar sua cólera. Falando como Louis de Funès em *Le Corniaud* [O parvo], de Gérard Oury, berrou que era "intolerável, intolerável!" que um jornal pelo qual ele tivera até então certo respeito publicasse declarações heréticas sobre a religião vindas de um homem visivelmente vítima da dúvida. O Evangelho era a verdade única e inabalável.

As reuniões noturnas do comitê de crise realizadas na nunciatura apostólica nas frias colinas do Monte Febe, em Iaundê, foram bem quentes, com o diplomata do Vaticano exaltado diante da "extrema gravidade da situação" e expondo sua teoria sobre os excessos da liberdade de opinião. No entanto, o país tinha muitos outros problemas: agarrado ao poder havia meio século, um governo de iluminados havia sequestrado o futuro. Milhares de crianças iam dormir toda noite de barriga vazia nas ruas miseráveis desse país rico. Milhões de cidadãos geriam o sofrimento e o desespero entregando diariamente suas magras economias a marabus e charlatães.

Tudo isso tinha pouca importância para o embaixador do Vaticano, que me acusava praticamente de ter organizado o enterro público do Deus todo-poderoso da Igreja Católica. Só mostrava uma preocupação: restaurar a dignidade da Igreja, apagar um incêndio invisível mas devastador, a seus olhos, que minhas palavras sobre a religião e a fé haviam provocado. Era obrigado também a acalmar seus colegas da Santa Sé que, ao ler a entrevista, chegaram à crise de nervos. A única reparação possível consistia em publicar com destaque no jornal uma explicação que tornava a afirmar que o padre entrevistador não partilhava minhas opiniões diabólicas. Isso foi feito no mínimo prazo – apesar do respeito que o redator-chefe do jornal tinha por mim, não havia hipótese de ofender o representante do papa Bento XVI, homem certamente dotado de poderes místicos e capaz de reservar um lugar especial no paraíso ou no inferno para as almas heréticas.

Bastou, portanto, uma rápida entrevista para que relações antigas que eu estimava no mínimo cordiais com certos dignitários da Igreja Católica camaronesa ficassem brutalmente estremecidas e se desfizessem. Algumas palavras pronunciadas inocentemente sobre o mistério da fé e os usos da religião na África tinham alterado homens considerados imperturbáveis e tolerantes. Que havia eu dito de tão grave para merecer quase a excomunhão? Que afirmação impertinente teria feito para provocar tal agitação?

Deus gozador ou Deus incompetente?

A conversa começou com um esclarecimento: meu interlocutor queria saber se eu acreditava em Deus. Eu poderia tê-lo provocado, propondo uma leitura niilista da fé e dizendo, como Cioran, que a invenção de Deus é decorrência da necessidade de preencher o vazio do ser humano:

> Em certo grau de solidão ou intensidade, há cada vez menos gente com quem se possa trocar ideias; acaba-se até constatando que não há mais semelhantes. Chegados a esse extremo, voltamo-nos para os dessemelhantes, para os anjos, para Deus. É por falta de interlocutor aqui na terra que se busca o além... A única utilidade de Deus (ou do conceito de Deus) é que ele permite romper com

os homens sem cair no narcisismo, no delírio, na aversão, nas vicissitudes do eu. Continuamos normais, com a ilusão de um apoio objetivo. Além disso, crer em Deus dispensa a crença em qualquer outra coisa: o que é uma vantagem apreciável[3].

Eu poderia ter dito que a fé para muitos africanos é uma maneira de conjurar a desilusão, de livrar-se das torpezas da realidade cotidiana, de fugir da ditadura de si.

"Sim, acredito", respondi, explicando, porém, que meu Deus é o que se revela todo dia no sorriso de meus filhos ou se manifesta na coragem heroica das pessoas simples e comuns, gente que nunca deixa as dificuldades da vida perturbarem sua consciência ou diminuírem sua humanidade. Aliás, o fato de eu acreditar em Deus não me parecia importante para a nossa conversa. "Sim, sim, com certeza", insistiu o padre, quase caindo da cadeira. "É muito importante porque a impressão é que, quanto mais a pessoa se intelectualiza e se aburguesa, mais remete a noção de Deus às calendas gregas..." Como não me intelectualizei nem me aburguesei, não me senti atingido pela ironia. Só respondi que a fé é um assunto pessoal. A discussão sobre a existência de Deus me parecia um pouco irrisória.

Irrisória? O padre tirou os óculos, limpou-os e ajeitou-os de novo no nariz, antes de gentilmente me ordenar que explicasse a minha ideia. Debate infinito e sem saída, confirmei. Pois, mesmo que ficasse provado que Deus não existe, a ideia de Deus seria uma bela invenção da mente humana, como disse Dostoiévski. Não devemos esquecer as externalidades positivas que a fé pode gerar em cada ser humano, simplesmente porque Deus é muitas vezes usado por etnocentristas

---

[2] Cioran, *Cahiers, 1957-1972* (Paris, Gallimard, 1997), p. 645 e 917.

através do mundo para homologar a existência dos movimentos religiosos e tomar para si o monopólio da espiritualidade, dos tesouros do espírito e até da razão, ou porque os movimentos religiosos foram muitas vezes os vetores de conflitos violentos. Aliás, os quatro maiores destruidores de vidas humanas do século XX – Hitler, Stalin, Mao e Pol Pot – eram incréus militantes. A fé pode ser fonte de elegância moral. Um de meus grandes amigos camaroneses, que não passa um dia sem fazer suas cinco preces, lembra-me constantemente que a prece é antes de tudo um ato de humildade. Mesmo que sirva apenas para questionar nossas certezas, enfrentar a dúvida e, assim, assumir a obrigação de modéstia, seu mérito não é desprezível.

Quanto ao ateísmo muito proclamado de certos africanos, ele não me preocupa. Além do fato de eu ter sempre encontrado um fundo de espiritualidade – e até de religiosidade – indestrutível nos africanos, mesmo quando se proclamam ateus, julgo também que a busca do absoluto e o desejo de ética que eles têm não se expressam forçosamente pela crença em Deus. Os ateus são também possíveis eleitos destinados ao paraíso – se é que ele existe. Cheguei a essa conclusão depois de uma conversa com o cardeal Christian Tumi há muitos anos, na época em que, apesar da agitação internacional por causa do significado da queda do Muro de Berlim, a repressão política estava no auge na República de Camarões. Furioso, perguntei ao cardeal por que Deus onipotente, justo e misericordioso deixava os camaroneses sofrerem tanto sob o olhar indiferente da comunidade internacional. Em meu ardor juvenil, cheguei a dizer-lhe que Deus era um pouco sádico e gozador ou totalmente excedido pelos acontecimentos e, portanto, não onipotente...

O cardeal poderia ter respondido, como Homero no oitavo livro da *Odisseia*, que Deus ofereceu a infelicidade aos homens a fim de que tivessem algo para cantar. Mas ele apenas sorriu e respondeu que Deus era tão tolerante comigo porque deixava a cada um a liberdade de escolher entre o bem e o mal, e de influir no próprio destino. E que me deixava também a liberdade de julgá-lo e até de insultá-lo... Essa breve reflexão sobre a extrema tolerância de Deus me perturbou dando-me um sentimento de culpa. Trouxe um pouco de modéstia para a minha abordagem da fé.

Compreendi então que é muito arriscado ter certezas – inclusive a certeza da incerteza. Fazer de uma negação uma crença não é forçosamente um grande avanço conceptual. É a armadilha em que caem com facilidade os incrédulos: certos movimentos antirreligiosos são tão obsessivos que se tornam uma forma de religião. Nem todo mundo tem o humor de Jorge Luis Borges, que não acreditava em Deus e dizia que a religião é um ramo da literatura fantástica. Para ele, tudo o que os grandes autores de ficção científica escreveram não é nada se comparado com os grandes mitos da Bíblia...

Análise do custo-benefício da fé

A conversa com o padre passou depois para a economia política da fé e da religião. "Você vai à igreja no domingo?", perguntou com um ar bem desconfiado. Olhava para mim como se já soubesse e tivesse medo da minha resposta. Tive de confessar que a pergunta era embaraçosa. Não ia tanto quanto desejava. Não podia me esconder atrás da fraca desculpa de ser um homem ocupado. Ter muito trabalho nunca foi uma explicação aceitável para as coisas importantes. As prioridades que temos determinam a ordem dos valores que escolhemos. E a oração parece legitimar melhor que qualquer outra coisa o caminho escolhido por quem crê. Martin Luther King dizia: "Estou tão ocupado que preciso rezar no mínimo três horas por dia para dar conta do recado!".

A pergunta me fez compreender que ainda era prisioneiro das certezas narcísicas que justificavam minha indisponibilidade para as comunhões de Igreja. Em Duala, eu tinha deixado de ir à igreja. Não suportava mais a presença dos bandidos de terno e gravata da República que enchiam os primeiros bancos, cantavam desafinado e mais alto que todo mundo, como para conseguir a absolvição de seus numerosos pecados. Mas, quando eu perguntava ao cardeal Christian Tumi por que malfeitores notórios podiam receber a comunhão no domingo, ele me recomendava com um sorriso zombeteiro que me ocupasse dos meus pecados e deixasse os outros com a sua consciência e com Deus.

Não, eu não frequentava regularmente a igreja. Essa meia confissão levou o padre a perguntar como os economistas encaram a religião e quais são as funções sociais dela na África atual. Lembrei-lhe que, para os intelectuais marxistas, a religião é o ópio do povo, logo, um simples instrumento de hegemonia social do capitalismo. Quanto aos economistas neoclássicos que hoje dominam a área, eles analisam o campo religioso como um simples mercado. Veem, de um lado, empresários religiosos e, de outro, consumidores que, consciente ou inconscientemente, examinam os benefícios e os custos das diferentes religiões e procuram os melhores rendimentos para seus investimentos espirituais. Tal abordagem choca muitos não economistas que a acham caricatural e mecânica porque ignora o valor das transações não comerciais. No entanto, seu postulado de base é simples: os seres humanos são agentes racionais que maximizam sua satisfação e seu bem-estar espiritual reagindo a sistemas de estímulo. Gary Becker chegou a ganhar um prêmio Nobel elaborando teorias sociais a partir desse raciocínio.

A sociologia tradicional afirmava que a religião serve para explicar o sagrado, isto é, as experiências inabituais e misteriosas da vida, em oposição ao profano e ao banal, a tudo o que se produz de modo repetitivo na vida cotidiana. Essa distinção é demasiado esquemática: na República de Camarões, até as coisas mais comuns logo tomam um ar sobrenatural. Atravessar a rua no cruzamento da avenida Ndokoti, em Duala, ao meio-dia ou achar água potável nas torneiras é obra do milagre. Por isso, o profano e o mistério se confundem a todo minuto na vida diária do africano. Entende-se porque o espaço do sagrado ocupa boa parte de nosso imaginário, mantendo uma necessidade de espiritualidade que a religião explora para sobreviver.

É verdade que ela tenta dar respostas às perguntas existenciais sobre a finalidade da vida, sobre como agir e sobre a escolha de valores. Ajuda muitos cidadãos a enfrentarem a dúvida existencial, afirmarem a própria identidade e darem um sentido à vida. Reforça as normas sociais, dando-lhes o *status* de leis divinas. Serve também de vetor ético para as obrigações morais, como o dever de solidariedade e de compaixão. Ajuda a suportar os grandes choques morais e permite digerir o sentimento de culpa que todo africano tem diante do mal e do sofrimento. Mas, a despeito dessas virtudes potenciais, a religião tem de passar sempre por uma tríplice crítica: política, teológica e filosófica.

Tais palavras provocaram um muxoxo de curiosidade em meu entrevistador. Pediu que eu explicasse melhor. Não foi difícil. No plano político, a história da religião na África é marcada por ações corajosas de personalidades atípicas. Ainda hoje, em todos os pontos do continente, alguns homens da Igreja fazem um trabalho respeitável junto às populações, no papel de assistentes sociais, conselheiros, confidentes e até psiquiatras. Mas a instituição religiosa na África funciona também como as burocracias dos antigos partidos únicos. Muitos de seus membros deveriam confessar-se todos os dias para expiar seus pecados e pedir a absolvição. Como os missionários da época colonial, abusam da prerrogativa de fonte moral para saciar suas aspirações de poder. Outros são paranoicos e veem o mal por toda a parte. Prisioneiros do rancor e sempre às voltas com microscópicas querelas tribais, vivem mal sua vocação e remoem o fato de não terem chegado a cargos importantes. Como se, por não serem bispos ou cardeais, tivessem fracassado na vida. Recitam a Bíblia todos os dias e trazem o crucifixo no peito, mas carregam uma dose de cólera e de maldade que assustaria as personagens menos recomendáveis das Sagradas Escrituras.

Assim, eu achava que, no conjunto, o balanço das Igrejas africanas era ambíguo, cheio de equívocos coloniais e relações incestuosas com os regimes políticos opressores. No caso da Igreja Católica, representada por meu entrevistador, eu sugeria que ela fizesse sua autocrítica e se confessasse publicamente. Em muitos lugares, ela precisa organizar concílios nacionais para entender sua responsabilidade nos episódios mais sombrios da história política africana. "Toda alma é refém de suas ações", diz o Alcorão. Parecia-me que a metáfora de uma confissão pública da Igreja a libertaria do peso da lembrança das ações passadas e ajudaria a restabelecer sua credibilidade. O que há de melhor do que um *mea culpa* pronunciado pelos próprios bispos, como o pedido de perdão de João Paulo II para reparar o silêncio culpado e cúmplice dos papas Pio XI e Pio XII diante do fascismo de Mussolini e de Hitler?

O padre me escutava em silêncio, com um ar assustado. Continuei explicando que, no plano teológico, o que me desagrada nas religiões monoteístas, como o cristianismo, o judaísmo ou o islamismo, é a pretensão de achar que possuem o monopólio da virtude. Para dar um exemplo, lembrei que bilhões de chineses e indianos não acreditam em Jesus Cristo nem em Alá e que toda essa gente não são almas destinadas à danação do inferno. Em compensação, padres e imames rezam o dia inteiro e isso não impede que cometam sem hesitar as piores atrocidades, às vezes logo depois de sair da igreja ou da mesquita. As batinas às vezes escondem muita coisa, disse-lhe com malícia. Felizmente, não era o que ele vestia naquela tarde. Ficou pensando no que eu disse, e aproveitei para acrescentar que as religiões politeístas, que proclamam a existência de vários deuses e até de uma hierarquia deles, são em geral menos sectárias. As religiões éticas, como o budismo, o confucionismo, o xintoísmo ou o taoísmo parecem mais modestas, pois insistem menos na figura do Deus fundador e mais nos princípios a respeitar para atingir a harmonia interior e o equilíbrio social. Quanto às religiões mais antigas, como o animismo africano, elas têm dificuldade para se redefinir nos dias de hoje e têm ares de vítimas das transformações identitárias e políticas de nossa época.

No plano filosófico, certos postulados fundamentais do cristianismo soam pouco convincentes. Por exemplo, o mito da redenção, que ensina às almas ingênuas que o paraíso será delas se aceitarem um modo de pensar, merece discussão. O padre logo se aprumou na poltrona: então a redenção não passa de um mito? Jesus não morreu na cruz para nos salvar? Percebi em suas perguntas a angústia de um bom padre católico exasperado e tive de acalmá-lo para continuarmos um diálogo civilizado. Gosto muito da ideia e da problemática de Cristo, expliquei-lhe. Gosto dos mitos que ele encarna e os questionamentos a que nos obriga na vida cotidiana. Gosto das prescrições morais às quais essa ideia nos conduz e a ilusão de que podemos todos ser perfeitos, como deuses. Porque, não sendo deus, eu me acomodo às minhas imperfeições e considero o ideal ético proposto por Jesus um horizonte ao qual devemos tender. Como uma assíntota em matemática: a reta tangente a uma curva no infinito, que nunca vai encontrá-la nem se confundir com ela.

O padre continuou a me ouvir religiosamente. Minha opinião sobre as igrejas africanas como instituições sociais foi a que mais o preocupou. Afirmei que elas costumam defender a ordem cultural e social vigente. Diante das grandes crises políticas, econômicas e morais que a África atravessa, as conferências episcopais só publicam de vez em quando comunicados indignados e moralizadores para aliviar sua consciência. Quando é preciso agir de fato para rejeitar o inaceitável, combater o mal, mudar as coisas, optar pela desobediência civil, descer às ruas para proteger os cidadãos cujos direitos são violados, a maioria dos dirigentes da Igreja se resguarda na batina. Não aparecem. Não dizem nada. Continuam a brandir a cruz e a celebrar missas em latim.

Concordei com ele que não é missão da Igreja Católica propor sistemas políticos ou modelos de organização social. É o que afirma o Conselho pontifical em seu *Compendium* sobre a doutrina social da Igreja Católica. Mas o Código de Direito Canônico, que me parece uma fonte jurídica superior, diz claramente que cabe à Igreja "enunciar os princípios da moral, mesmo no que se refere à ordem social, e julgar toda realidade humana, quando o exigirem os direitos fundamentais da pessoa humana ou a salvação das almas". Nessa base, eu exortava os padres carreiristas, paralisados pelo medo de desagradar aos gurus do Vaticano, a assumirem suas responsabilidades sociais. Pedia aos líderes religiosos africanos que parassem com a exegese dos textos sagrados e se mostrassem mais audaciosos na ação cidadã. Em vez de ficar debatendo quais os significados de determinado versículo da Bíblia, os administradores das religiões reveladas poderiam agir por Deus nesta terra, isto é, ajudar concretamente as pessoas a melhorarem suas condições de vida. Concretamente significa, por exemplo, ser firme na denúncia do autoritarismo africano ou apenas mostrar um empenho mais decidido na solução dos problemas da vida cotidiana, dos acidentes de trânsito, que dizimam populações e fazem duvidar da existência de Deus, ou da destruição do ecossistema, que causa enormes perdas ambientais no continente. Afinal, não podemos acreditar na Bíblia ou no Alcorão, que estão cheios de histórias mirabolantes, e não ter imaginação!

O padre replicou que eu reduzia o cristianismo a seus aspectos sociocaritativos, em detrimento de sua dimensão espiritual. Não era o que eu pretendia: julgava as organizações religiosas africanas detentoras de um grande potencial que poderia ser posto a serviço da transformação social. Mas esse potencial é subutilizado, porque a hierarquia é dominada por espíritos conservadores que preferem os debates metafísicos. Reconheci que a Igreja Católica também foi vítima da brutalidade da opressão. No meu país, assim como em outros, padres e freiras que levavam a sério a missão de evangelizar foram assassinados. Os governos autoritários nunca publicaram os resultados dos inquéritos sobre esses misteriosos assassinatos de religiosos. Infelizmente, o Vaticano não insistiu muito na exigência de que se fizesse justiça. Silêncio cheio de significado.

Marabutagem e feitiçaria

A conversa ganhou um tom mais sério do que eu pretendia. Meu entrevistador já me olhava com olhos circunspectos, como se estivesse diante de uma alma perdida, irrecuperável. Mas teve a elegância de continuar o diálogo, pedindo que falássemos do desenvolvimento espetacular de todos os tipos de seitas que lotam hoje o horizonte social africano. Queria saber o que eu achava. Talvez estivéssemos de acordo ao menos em ver nessa explosão de paganismo uma evolução perigosa para as sociedades africanas? Também nesse ponto o decepcionei ao observar que tal tipo de fenômeno nada tem de tipicamente africano e que todas as civilizações passam por esse movimento em dado momento de sua história. Aliás, essa "proliferação do divino" mostra a falta de credibilidade do cristianismo na África. Transpondo o problema em termos econômicos, disse-lhe que o êxito das seitas e do paganismo no mundo negro é a manifestação de um grande déficit no mercado oficial da espiritualidade, da distância entre uma enorme demanda ética das populações e a fraca oferta de espiritualidade das Igrejas tradicionais. Seu dinamismo reflete a emergência de um "mercado negro" da religião. É a prova da incompetência crônica das Igrejas instituídas, da incapacidade de formular respostas sociais adequadas aos problemas de nosso tempo e oferecer um pouco de sonho a populações reféns da miséria e da fatalidade. Afinal, como diz Cioran, "os homens só seguem quem lhes oferece ilusões. Nunca se viu gente agrupada em torno de um desiludido".

Certas seitas proclamam uma oposição mais sistemática à ordem social do que as instituições religiosas reconhecidas. Isso lhes dá força e legitimidade em um ambiente marcado pela penúria e pelo sofrimento. Seus animadores são em geral gurus excêntricos ou iluminados, às vezes bem-intencionados, mas perdidos em seu ego e nem sempre dispondo de formação intelectual e filosófica coerente. Aliás, são vítimas da síndrome de Jesus Cristo e julgam-se os novos messias. Impõem-se como psiquiatras improvisados e oferecem conforto às almas sofredoras. Quase sempre suas seitas propõem interpretações mais "livres" e mais audaciosas das Sagradas Escrituras. No contexto de pobreza ética, sofrimento coletivo e depressão generalizada que é o de muitos países africanos, suas doutrinas voluntaristas justificam o êxito que obtêm.

Mais audaciosos, outros movimentos pararreligiosos visam um público bem-educado, mas desorientado nas tormentas existenciais. A credulidade dos fiéis permite que apelem para o registro do sobrenatural e mantenham o obscurantismo mesmo de gente instruída. Nos Estados em falência moral e econômica, criam uma atmosfera de confusão que convém aos interesses do poder político: dão aos governantes a possibilidade de descarregar sua responsabilidade na providência. Por mais que se apresentem como organizações contestadoras da ordem existente, mantêm o *status quo* e as diversas formas de niilismo social em vigor. Seu discurso é cheio de teatralidade: os momentos de oração são, por exemplo, sessões de gesticulação coletiva, de choro e insistentes gritos purificadores. Mas, no plano da espiritualidade, sua "teologia" não difere muito daquela das instituições religiosas que costumam criticar. Aliás, compreende-se por que líderes políticos africanos são muitas vezes membros influentes desses movimentos pararreligiosos cuja função principal é entorpecer a vigilância e o espírito crítico das populações. É o caso notório dos presidentes Omar Bongo Ondimba, do Gabão, ou Paul Biya, da República de Camarões.

Essas palavras acalmaram um pouco meu entrevistador. Ele lembrou que o amálgama entre autênticos curandeiros africanos e feiticeiros improvisados é injusto, porque os primeiros têm um verdadeiro saber, ao passo que os segundos apenas exploram a ingenuidade popular. Talvez. É possível, conceptualmente, imaginar diferentes graus de "seriedade" entre os diversos atores que povoam a área do sentimento religioso e do místico. Na prática, é muito difícil estabelecer uma distinção rigorosa entre eles. Certos tratamentos oferecidos por marabus e feiticeiros provêm da medicina dita paralela ou da psiquiatria biológica. Existem práticas similares no Ocidente, onde a medicina paralela usa métodos sincréticos como a radiônica, a geobiologia ou a radioestesia (divinatória). Pacientes maníaco-depressivos às vezes recebem tratamentos audaciosos que incluem choques elétricos ou indução de comas hipoglicêmicos. Organizações corporativistas de psiquiatras bastante reconhecidas têm a função de acompanhar os modos de validação do corpo científico e o respeito à deontologia e à ética profissionais. Aliás, o Ministério da Saúde exerce uma tutela administrativa que o obriga a responsabilidades jurídicas e ao encargo de seguir os tratamentos prescritos.

Não duvido *a priori* dos méritos da medicina tradicional africana, da qual marabus e feiticeiros se dizem depositários. Mas quando ela existe em um contexto sem regulamentação e sem um inventário do saber, separar o joio do trigo é praticamente impossível. Pobreza, miséria sentimental, traumas emocionais, incapacidade para conduzir as crises depressivas que ocorrem nos fluxos e refluxos da vida, dificuldades para enfrentar a dúvida: são muitos os fatores que favorecem o surgimento de charlatães que afirmam conhecer a "receita" da vida. Essa expansão de curandeiros é notável tanto nas aldeias como nas cidades, onde indivíduos amalucados se julgam investidos de um saber terapêutico. Esses aproveitadores da fé extorquem multidões e fazem da infelicidade alheia o seu negócio.

A maioria desses gurus é movida pelo dinheiro. Outros, pela própria neurose, pela necessidade de gloríolas ou pelo desejo de compensar uma pobre vida. A auto-hipnose e a exaltação levam-nos a pensar que se tornaram "alguém". Como não entendê-los? Oferecem o sentimento de amor e a ilusão de serem importantes a cidadãos de todas as classes sociais, a "altos diretores", ministros da "República", ou a mulheres de uma posição social com que de outro modo jamais teriam contato. Essa nova indústria da depressão é uma boia salva-vidas eficaz para o poder político que a subvenciona pelo silêncio, pois ela lhe serve também de instrumento de controle social.

Lembrei a meu interlocutor que a inflação de crenças nos poderes ocultos e nos fenômenos paranormais já foi observada em sociedades às voltas com pesadas dificuldades econômicas. Entre os séculos XIII e XIX, mais de um milhão de pessoas foram executadas na Europa por crime de bruxaria[3]. Nos Estados Unidos, crises de histeria demoníaca resultaram no famoso processo das Bruxas de Salem, no século XVII. A crença na bruxaria é uma construção do imaginário social que, infelizmente, tem um preço. Na África, ela é estimulada pela pobreza, pela miséria afetiva, pela falta de confiança em si e pelo medo. Aliás, é difícil que ela ande de par com a fé em Deus: como confiar em um Ser onipotente e misericordioso e, ao mesmo tempo, temer a gesticulação de um feiticeiro indolente que, usando um cocar de penas, passeia pelo mato e recita abracadabras no meio da noite?

Manifestação desse paradoxo: em discurso célebre pronunciado em uma cidade conhecida pela agressividade e pelo talento de seus feiticeiros, o presidente camaronês Paul Biya, homem religioso que não hesita em proclamar publicamente sua fé cristã, conclamou seus compatriotas a lutar contra a feitiçaria. Lembrou que o Código Penal condena os feiticeiros a penas de prisão de até dez anos, mas esqueceu que o Estado não pode reconfigurar sistemas de crença e cosmogonias muito antigas à custa de leis e decretos. Infelizmente, como a lei não define o que é feitiçaria, os juízes que são chamados a se pronunciar sobre esses casos se vêm obrigados a pedir a ajuda de supostos feiticeiros para identificar outros feiticeiros! Os tribunais

---

[3] Cf. Emily Oster, "Witchcraft, weather and economic growth in Renaissance Europe", *Journal of Economic Perspectives* (Pittsburgh, v. 18, n. 1, 2004), p. 215-28.

são às vezes palco de alucinações e de práticas de magia, tudo pela boa causa...

Meu interlocutor apenas sorriu. Para ele, a bruxaria africana é uma realidade que não pode ser afastada com um mero gesto. Não se reduz a um fenômeno ligado às condições de vida e ao nível de crescimento econômico. "Muitos ocidentais, apesar de sua boa situação material, continuam a acreditar nela", acrescentou. "Alguns vêm até buscar a fonte dos ritos iniciáticos africanos! E muitos cameroneses que já atingiram certo nível de conforto social continuam a acreditar na feitiçaria". Prossegui meu raciocínio, tentando mostrar-lhe uma rápida sociologia dos novos-ricos africanos: muitos chegaram a um nível social invejável não por esforço pessoal, mas graças a tramoias. Por isso, vivem com medo de cair de novo na miséria. Não acreditam ter escapado definitivamente da pobreza, pois seus irmãos, primos, tios, tias, sobrinhos e vizinhos ainda estão nela. Como a fortuna e os bens materiais não conseguiram libertar seu imaginário da síndrome da miséria, sentem necessidade de feiticeiros para se consolar e conjurar o azar...

Expliquei que o funcionamento dos sistemas educativos africanos não permite aos que deles saem uma emancipação do arbítrio das crenças em voga. Confessionais, particulares ou laicos, os estabelecimentos escolares e universitários tendem a produzir auxiliares administrativos, cidadãos de segunda classe. Os empresários e executivos africanos são quase sempre subprodutos da escola colonial, que há meio século continua a mesma. Por isso, no plano psicológico, os grupos sociais de cidadãos africanos são muitas vezes mais parecidos do que admitem os antropólogos. Presos à indigência, os pobres sufocam de cólera diante da injustiça. Os cidadãos mais favorecidos vivem na futilidade e no tédio, tentando encher a vida com orgias e festas em que as garrafas de champanhe são abertas por controle remoto, como diz o humorista costa-marfinense Adama Dahico. Quanto aos intelectuais (ou, mais exatamente, os diplomados), tornam-se quase sempre uns coitados e vivem nos corredores dos partidos como cães esfaimados, esperando que lhes atirem um osso...

Na África, a crença na bruxaria insere-se em um fundo filosófico comparável ao que Foucault chamava de episteme – um conjunto de relações que une diferentes tipos de discursos em determinada época. Não se trata de um sistema de pensamento monolítico, unitário, coerente e fechado em si nem de um imperativo histórico imutável. Também não se trata de uma grande teoria subjacente dos modos de ver o mundo. O episteme que facilita e legitima a crença coletiva na bruxaria é "um jogo simultâneo de persistências", uma articulação de múltiplos pontos de fixação, um feixe de referências espirituais abstratas e arbitrárias que se remetem entre si e acabam criando um projeto de conjunto. É um processo intelectual niilista, pois constitui um percurso marcado para o nada dos não valores e postula a dúvida sobre si mesmo.

Depois dessas considerações, fiquei calado. O padre estava com um ar grave, e eu não percebia o que ele estava pensando. Tais ideias não o haviam convencido da minha pureza de alma e da minha fé cristã. Após alguns suspiros significativos, ele tornou a me fazer perguntas sobre o primeiro assunto – ou seja, a qualidade da minha fé religiosa. Já era tarde, e eu não estava disposto a poupar sua suscetibilidade. Confessei que meu conceito de espiritualidade difere de certos postulados da versão de cristianismo proposta pelo Vaticano. Dizer que uma pessoa recebe nesta vida os castigos ou recompensas de uma vida anterior é para mim uma ideia difícil de aceitar. Assim como não acredito no fatalismo de certos místicos que pretendem que a difícil situação da África atual seja o reflexo de uma espécie de carma coletivo. Abdicar assim de nossa humanidade nos exonera de responsabilidades imediatas e evita que tracemos nosso futuro, disse-lhe. A vida não é uma ilusão cósmica.

Como sentença final, o padre perguntou se eu me julgava digno do paraíso. Não, respondi indignado, não me acho merecedor das glórias do paraíso nem das chamas do inferno. Essa alternativa me parece, aliás, uma das fraquezas da filosofia judaico-cristã. A ideia de um deus que ameaça os cidadãos com castigos não combina com sua grandeza. A devoção a Deus não deve ser decorrência do medo do inferno ou da esperança do paraíso. Deve vir de uma exigência ética própria a cada crente. E citei o poeta persa Attar, que era sufi:"Se eu te adorar por medo do inferno, queima-me nas chamas do inferno. Se eu te adorar na esperança do paraíso, exclui-me do paraíso. Mas se eu te adorar por ti mesmo, não me recuses tua imperecível beleza" (*Le colloque des oiseaux*)*.

---

* Farid ud-Din Attar, *A linguagem dos pássaros* (São Paulo, Attar, 1987). (N. E.)

V
Ética dos usos do corpo
Uma teoria do amor-próprio

> "Como a gente sente o fato de ser um *problema*?
> W. E. B. Dubois

> "Ficamos ofendidos quando uma pessoa nos falta com o respeito. E, no entanto, sabemos muito bem que, no fundo, ninguém tem muito respeito por si mesmo."
> Mark Twain

Harry Belafonte, artista e militante de causas progressistas afro-americanas, conta tristes lembranças de infância, que guarda de sua mãe Millie. Não ligadas à pobreza material ou ao racismo que a família de emigrados caribenhos sofreu na América do Norte nos anos 1930 e 1940, mas coisas tanto mais dolorosas, porque corriqueiras, anódinas. Millie era uma imigrada jamaicana que chegou a Nova Iorque sem instrução formal. O marido, nascido na Martinica, era cozinheiro da Marinha britânica e passava a maior parte do tempo embarcado. A solidão, a pobreza e o analfabetismo não alteraram o senso de dever da corajosa mãe de família nem as ambições que tinha para os filhos. Para criá-los, teve de usar o único bem de que dispunha, a saber: seu corpo. Tinha de manter boa aparência. Inverno e verão, vestia sua melhor roupa e juntava-se a centenas de outras mulheres negras na Park Avenue, esperando horas por uma ocasião de conseguir trabalho. Em dias de sorte, alguma norte-americana tinha a condescendência de compará-las e escolher aquelas que iria contratar e levar por algumas horas ou um fim de semana para fazer faxina em sua casa. Mas a espera nem sempre dava certo.

Millie cuidava bem de seu corpo. Sempre muito asseada e arrumada, costumava ser escolhida para limpar as casas de grandes famílias burguesas da cidade. Foi assim que conseguiu emprego e os recursos suficientes para educar os filhos. Quando voltava do trabalho, contava sua experiência de vida para eles. Trazia também jornais que tentava decifrar com muita dificuldade para lhes dar uma ideia do que estava acontecendo no mundo em que viviam. Seu corpo permitia que lhes oferecesse, se não uma educação, ao menos certa ordem de valores e uma leitura da vida, uma maneira de interpretar o rumor do mundo.

Cioran desprezava sua mãe, que depois de ler seu primeiro livro lhe disse que, se soubesse que tipo de homem ele se tornaria, ela teria feito um aborto. Ele começou a sentir consideração por ela somente no dia em que teve a enorme surpresa de ouvi-la dizer: "Para mim, só existe Bach...". Percebeu que também ela podia sentir o êxtase e o milagre que a música produz. Ao contrário de Cioran, Belafonte nunca desprezou a mãe. Talvez por causa de sua alma de músico, que lhe permitia ver instintivamente a intimidade indizível de cada indivíduo que o amor da música revela. Mesmo que ela tivesse sido prostituta, ele a teria admirado, sem nenhuma restrição. Porque Millie era dessas mulheres negras para quem o uso do corpo não implica nenhum ato vergonhoso; ao contrário, é uma manifestação soberana da recusa do fracasso e da ilusão, sinal de um "caso desesperado e perigoso de lucidez".

Mas muitas vezes me indaguei que efeito tais lembranças teriam no aprendizado de vida do jovem Harry Belafonte. Que tipo de cicatriz tal humilhação deixa na alma inocente de uma criança? O que pode representar em seu imaginário o fato de ver a mãe utilizar o corpo – sem nenhuma indignidade, aliás – como instrumento de sobrevivência nessa América que foi durante tanto tempo a sede social da escravidão? E como a própria Millie aceitava a obrigação de usar o corpo como único meio de conseguir o mínimo vital?

Sua história nos leva à imensa parte de niilismo que sempre marcou as diferentes maneiras como se aborda o corpo nas sociedades negro-africanas – e em outras. As representações do corpo não mudaram muito através dos tempos. Milhões de mulheres continuam a agir como outrora, cultivando certa imagem do corpo, dedicando para isso um orçamento que lhe dê chance de agradar, de seduzir ou de viver. A gestão do corpo tornou-se até uma arte de sobrevivência e uma obsessão. Novos mercados (de oferta e procura) se desenvolveram, estimulados pelo aumento geral da esperança de vida, pelos progressos médicos e tecnológicos, pela globalização e pela proliferação dos lugares virtuais de troca. Nessa complexa dinâmica, pesquisadores das ciências sociais tendem a focalizar o sensacionalismo das questões atuais. A reflexão sobre o corpo é dominada pelas discussões éticas em torno do comércio clandestino de órgãos humanos ou das manipulações biológicas, práticas ditas culturais, como a excisão, o tráfico de pessoas, a exploração infantil com fins comerciais ou militares etc. Ora, muitas vezes, o frenesi midiático sobre tais assuntos reflete apenas as necessidades esporádicas de boa consciência que satisfazem a comunidade internacional.

As recordações de infância de Harry Belafonte sugerem uma visita às ambiguidades filosóficas do corpo, lugar privilegiado no qual se expressam o "em si" e o "para si" de cada um, no dizer de Merleau-Ponty. Através das idades e das civilizações, o corpo sempre teve função normativa e reflete os esquemas sociais, a produção das estratégias de sobrevivência e os modos de organização do real. Nas comunidades negro-africanas, seu papel na produção do discurso sobre si e sobre os outros é cada vez mais importante. Como

Millie, muitos homens e mulheres da África subvertem as teorias morais e filosóficas tradicionalmente atribuídas ao comércio do corpo. Conferem-lhe funções mais nobres e transformam-no em veículo de reapropriação de si, até nas piores circunstâncias. Usam-no para reafirmar sua dignidade, erigindo-o assim em instrumento de uma visão niilista da existência.

O corpo que pensa

Toda sociedade humana produz uma quantidade mínima de mau gosto que lhe é necessária para estabelecer suas normas, homologar seus arbítrios e entreter suas ambições de boa consciência. Esse desejo coletivo do mórbido, que leva por exemplo as pessoas a se juntarem espontaneamente para ver uma briga de rua ou um acidente de tráfego, é um ingrediente essencial da vida em comum. Tal necessidade de mau gosto muitas vezes se manifestou com crueldade tranquila. Foi o caso durante séculos quando a escravidão e o tráfico de negros eram não só formas banais de comércio, mas também a base do desenvolvimento social e econômico dos países que se proclamavam os mais avançados do ponto de vista moral e filosófico. Basta, para se convencer, observar certos cartazes destinados à venda de escravos nos Estados Unidos no fim do século XVIII. Um deles, publicado no *New York Journal* de 23 de junho de 1768, mostra quatro silhuetas pretas sob o título em letras garrafais: "*Negros à venda*". Com a segurança tranquila de quem prepara uma campanha de *marketing* para a venda de animais domésticos ou equipamentos agrícolas, o texto destacava que os escravos – entre os quais meninas de 12 e 16 anos – podiam dar conta de trabalhos pesados e eram, por isso, "recomendáveis".

A escravatura como operação de compra e venda públicas de corpos de negros foi oficialmente abolida no Estado de Nova Iorque, epicentro desse comércio florescente, em 1827 – 51 anos após a proclamação da independência norte-americana. Tal interdição só foi integrada à Constituição pela 13ª Emenda, ratificada em 1865, no fim da Guerra Civil. Mais de meio século depois de os míticos Pais Fundadores da América virtuosa (eles também proprietários de escravos) terem proclamado energicamente suas grandes ambições de reforma moral e política na Declaração da Independência, as forças do mercado continuavam a gerir serenamente o corpo desses homens, mulheres e crianças, cuja natureza humana era posta em dúvida.

A escravidão era, porém, bem mais do que um comércio. Representava um debate sobre o corpo, isto é, sobre as relações ambíguas e às vezes conflituosas que o ser humano mantém consigo mesmo, com os outros, com o bem e com o mal. Através dos tempos e civilizações, o corpo encarnou sucessivamente a imagem da divindade, da vida, mas também do demônio e da morte. Sua percepção evoluiu muito, indo do dualismo simplista (corpo-alma) dos gregos e romanos ao determinismo biológico inspirado por concepções filosóficas derivadas do darwinismo. Se a América do Norte pagou um pesado tributo para abolir a escravidão (pelo menos 600 mil mortos durante a Guerra Civil, o assassinato de Abraham Lincoln, rompimentos sociais cuja profundidade se percebe até hoje), é porque os estados sulistas, onde a mão de obra negra e servil era indispensável para manter os níveis de rentabilidade das plantações de algodão, não aceitavam a imposição de uma nova moral vinda do Norte. O corpo não era percebido unicamente como matéria-prima. Lugar de validação do poder sobre os outros, era também o espaço de expressão da consciência de si. Portanto, um lugar de produção do discurso.

O corpo nem sempre foi considerado com tanta seriedade no Ocidente. Por muito tempo, não passou de mero invólucro carnal que continha o mecanismo biológico. Os filósofos preferiam, aliás, a alma ou o espírito, templo do pensamento e da ação, que seria a morada do sopro essencial da vida. O corpo era então uma massa mais ou menos vergonhosa, destinada de todo modo a se enfear, se enfraquecer e se destruir com a idade. Imaterial e invisível, o espírito humano era celebrado como a coisa mais bela e importante. Condenado à morte, Sócrates se felicitava por essa sentença, afirmando que quem viveu como filósofo deve ver na morte o bem supremo que permite a separação do corpo e da alma e oferece a esta a ocasião de se desenvolver verdadeiramente.

Encontra-se essa desvalorização do corpo em Platão, que o reduzia ao estado de túmulo da alma, e em Descartes, para quem o corpo era um agregado de órgãos e membros. Sua experiência do *cogito* ("Penso, logo existo") foi o resultado lógico de um processo intelectual que separava radicalmente o biológico do psíquico[1]. Aristóteles foi mais cuidadoso sobre a questão do dualismo corpo-alma, defendendo a ideia de uma ligação indefectível entre essas duas noções cuja interação constituía, a seu ver, o ser vivo em sua integridade."[A alma] não é um corpo, mas algo do corpo", escreve ele em seu *Tratado da alma**.

As teorias e representações do corpo em vigor nas comunidades negro-africanas tendem a rejeitar a oposição corpo-alma/espírito, postulando uma osmose total dos diferentes componentes do ser humano, ele próprio considerado parte integrante de um corpo social mais amplo. Celebra-se assim a ideia de uma fisiologia cósmica na qual cada corpo é apenas uma fração de um conjunto

---

[1] Essa visão é enunciada no *Discurso do método*. Mas Descartes parece menos categórico sobre a questão do corpo em seu *Tratado das paixões*, publicado doze anos mais tarde.

* Aristóteles, *De anima* (São Paulo, Ed. 34, 2006). (N.T.)

visível e invisível. Indo além do dualismo corpo-alma, tal perspectiva não concebe o indivíduo sem a sociedade à qual ele pertence. Por isso, o filósofo queniano John Samuel Mbiti ironiza o *cogito ergo sum* de Descartes: "Existo porque existimos; e, já que existimos, então existo". O corpo de um indivíduo é apenas o elo de uma corrente que é preciso apreender como um todo para se chegar a uma representação exata. Focalizar a análise de um corpo sem levar em conta suas conexões sociais é cometer um erro de objeto, falhar na perspectiva e fazer sociologia das aparências.

A alma é considerada parte integrante do corpo, assim como o espírito. Toda espiritualidade e todo saber são elementos físicos daquilo que se é. "*Maa ka Maaya ka ca a yèrè kònò*", proclamam, por exemplo, os bambaras. Tradução literal: "As pessoas da pessoa são múltiplas na pessoa". Aliás, as tradições fula e bambara consideram que a pessoa humana é uma espécie de receptáculo complexo que "implica uma multiplicidade interior, planos de existência concêntricos ou superpostos (físicos, psíquicos e espirituais em diferentes níveis), assim como uma dinâmica constante", segundo A. Hampaté Bâ. A pessoa humana nunca é reduzida ao corpo nem a uma entidade monolítica. É uma dinâmica permanente da qual o corpo é ao mesmo tempo reflexo e símbolo.

Essa filosofia do corpo não impediu, porém, a emergência de um determinismo biológico que serviu, ao longo do tempo, para justificar a construção da diferença. Como em muitas outras sociedades, as morfologias corporais serviram para validar categorizações sociais, hierarquizar grupos étnicos, santificar linhas de repartição do poder, legitimar abordagens dinásticas e justificar a dominação sexual e as exclusões. O corpo produtor de discurso é também espaço de expressão dos preconceitos. A cor da pele, a forma dos olhos, da boca ou do nariz tornaram-se modos de categorização da alma. Não estamos longe do reducionismo genético de certa sociobiologia darwiniana que vê o corpo como o principal indicador não apenas do destino do indivíduo, mas também de seu percurso social. Será que Nietzsche partilhava essa visão, ele que considerava o corpo o vetor essencial da condição humana, como o mestre poderoso do qual o espírito é somente um instrumento?

Millie, a mãe de Harry Belafonte, não precisou ler *Assim falava Zaratustra** para considerar seu corpo uma interface com o mundo, um vetor por meio do qual ela queria definir sua relação com o mundo. Seu corpo era o espaço de expressão de suas responsabilidades familiares e de suas ambições sociais, o depositário de seus sonhos de grandeza, o espaço privilegiado de uma encenação da aparência e dos jogos sutis da sedução e o ponto de afirmação de si. Ela cuidava constantemente da imagem de seu corpo para eliminar as humilhações da escravidão e da memória.

O corpo que sofre

O corpo foi às vezes instrumento de gestão e de regulação política e econômica. Na maioria das civilizações antigas, sobretudo da Mesopotâmia, Índia e China, a escravidão era uma atividade essencial para a estabilização política e a prosperidade econômica. Era também um modo de repartição do poder e de confirmação da ordem de valores. Os escravos eram usados nas tarefas domésticas de residências e lojas ou em grandes construções e na agricultura. Constituíam a mão de obra dos hebreus. Para os egípcios, construíam os palácios reais e os monumentos à glória dos faraós. Nas

---

* F. Nietzsche, *Assim falava Zaratustra* (Petrópolis, Vozes, 2008). (N. T.)

civilizações pré-colombianas da América (astecas, incas ou maias), serviam sobretudo para as conquistas guerreiras.

Na América, o peso dos fantasmas raciais associados ao sexo dos negros complicava ainda mais as relações entre senhores e escravos. A racionalidade econômica propalada para justificar a escravidão negra ocultava às vezes o não dito racial e sexual que era uma motivação ao menos equivalente. A castração dos escravos homens e o estupro das mulheres ajudavam a completar o controle social e despojar os negros do mínimo de amor-próprio que lhes restava. Era no corpo do escravo que se materializavam não só o direito de propriedade do dono, mas também o dever de submissão do escravo que aceitava sua condição social.

Mesmo quando alforriado, o escravo recebia a ferro no corpo a marca que o diferenciava para sempre de seus senhores. Em Roma, por exemplo, existia um mercado de escravos aonde iam os proprietários, cheios de remorsos e desejosos de aliviar a consciência, para libertar seus cativos. Como desfecho de um processo fictício que ocorreu no Fórum, perto do Templo de Castor e Pólux, o escravo se prosternava pela última vez diante de um magistrado para receber uma chicotada simbólica. Erguia-se então livre, tornando-se cidadão romano. Mas continuava ligado ao antigo dono, de quem herdava o nome. Essa obrigação se estendia a seus descendentes. Seu corpo tinha de sofrer para lhe servir de passaporte simbólico para a liberdade.

A destruição do corpo do inimigo foi durante muito tempo o derradeiro ritual do poder supremo. Os vitoriosos não se contentavam em pôr fim à vida dos que eram designados como adversários irredutíveis: queriam ter a certeza de que seu corpo estava desintegrado e privado de qualquer dignidade. Georges Balandier conta, por exemplo, a crueldade com que uma equipe de resistentes franceses, da qual ele fazia parte durante a Segunda Guerra Mundial, tratou os prisioneiros alemães que tentaram fugir:

> A deliberação foi rápida, a decisão era previsível, os três prisioneiros considerados culpados e ainda perigosos foram condenados à morte. Voluntários formaram o pelotão de execução... Deram a cada condenado uma pá para que cavasse seu túmulo... Os outros, dispostos em linha, seriam as testemunhas da cerimônia insuportável... Ordens, uma única salva, os corpos se curvaram para trás, desarticulados; o sargento deu um tiro de misericórdia na cabeça... Os corpos foram cobertos de pedra, terra e galhos por dois prisioneiros. Nenhum sinal restou que permita localizá-los, só ficaram marcas deléveis[2].

A humilhação do corpo do adversário para alcançar objetivos políticos pode ir até a profanação de um cadáver. O que a administração colonial francesa fez com o cadáver de Ruben Um Nyobe, líder do movimento pela independência da República de Camarões, é um exemplo dessa estratégia. Depois de ser assassinado em uma aldeia do sul do país em 13 de setembro de 1958, seu corpo tornou-se propriedade do Estado. Os habitantes foram convidados a contemplá-lo para constatar com os próprios olhos o fracasso daquele que, segundo a sua fama, era invencível e até detentor de uma poção mágica que o tornava invulnerável às balas. Um folheto do governo com a foto do cadáver de Um Nyobe e ironizando "o Deus que estava enganado" foi imediatamente espalhado por todo o país. Do lugar onde foi morto até a aldeia de Liyong, onde os camponeses que o conheciam bem foram obrigados a identificá-lo, seu cadáver foi arrastado pela lama. Essa marcha triunfal do exército colonial

---

[2] G. Balandier, *Conjugaisons* (Paris, Fayard, 1997), p. 219-20.

desfigurou e esfacelou todo o seu corpo. Tiraram-lhe todo o aspecto humano para apresentar ao povo que o admirava um homem sem pele, sem cabeça e sem rosto.

O cadáver foi exposto em um dispensário. O chefe de uma milícia local financiada pela administração colonial dirigiu-lhe publicamente insultos enquanto lhe batia na cabeça. Ordenou ao cadáver que ficasse de pé e o enfrentasse em uma luta, para que a população pudesse constatar qual dos dois era o mais forte... A seguir, o corpo foi colocado em um bloco de cimento maciço e enterrado.

> O Estado procurava assim eliminar os laços de Um Nyobe com o solo onde repousava e onde, segundo o princípio de autoctonia da sociedade à qual pertencia, se perpetuava a relação com sua linhagem, sua descendência. Tratava-se, enfim, de apagar Um Nyobe da memória dos homens, atirando-o no caos onde não seria mais ninguém[3].

O assassinato físico do adversário político não bastava: a destruição simbólica do cadáver era também necessária para humilhar sua memória e destruir o mito – e mostrar a força do poder colonial às populações que apoiavam o movimento independentista.

Esse assassinato metafórico do cadáver de Um Nyobe marcou uma nova etapa no princípio de humilhação do corpo do adversário político no contexto africano. Em comparação, o simples enforcamento dos líderes nacionalistas Rudolf Douala Manga Bell ou Martin-Paul Samba pelos colonos alemães em 1914 parece quase um ato estético, uma homenagem sub-reptícia aos corpos que não mereciam ser violados. Após a independência, o presidente Ahma-

---

[3] A. Mbembe, *La naissance du maquis au Sud-Cameroun* (Paris, Karthala, 1996), p. 16.

dou Ahidjo, puro produto do poder colonial do qual era apenas a nova face, contentava-se em mandar fuzilar seus adversários políticos em praça pública – não sem antes tomar o cuidado de convidar o povo para assistir ao espetáculo. Depois, os responsáveis da polícia secreta achavam um jeito discreto de dar uma sepultura miserável aos cadáveres célebres e de jogar na fossa comum os menos conhecidos.

Outros autocratas africanos, como o zairense Mobutu Sese Seko, se mostraram mais excêntricos no tratamento dado aos cadáveres de seus adversários políticos. No dizer de Dominique Sakombi Inongo, um de seus ex-ministros, Mobutu acreditava na magia, nos grigris, e matava sua sede de poder bebendo o sangue de suas vítimas... Como o imperador Calígula, adorava humilhar seus ministros mantendo relações sexuais com suas esposas. No documentário *Mobutu, roi du Zaïre*, Sakombi Inongo declara que ele mesmo ofereceu sua esposa a Mobutu, do qual temia a violência. É uma concepção bem niilista do amor conjugal: usar os encantos da própria mulher para conciliar humilhação e instinto de sobrevivência!

O corpo reabilitado

Nem sempre o corpo foi o espaço simbólico onde se exprimem o medo de si e o desprezo dos outros. Às vezes serviu de instância de validação dos desejos mais secretos e de aceitação da inelutabilidade das coisas. Encontram-se nele então motivos de orgulho ou tenta-se nele insuflar qualidades que o transformam em viático para suportar o cansaço do tempo ou enganar a vigilância da morte e do envelhecimento, que é o seu agente. Por isso, desde a *Ilíada* e a *Odisséia*, literaturas do mundo inteiro descrevem e ampliam certa estética do corpo que ajuda a iludir e retardar psicologicamente o prazo final. Escritores e artistas celebram heróis épicos cujo corpo glorificado encarna os valores e as ambições da comunidade. Os cânones dessa estética variam de uma sociedade para outra, mas as qualidades exaltadas (força, coragem, senso de honra e de dever etc.) se assemelham. O culto do corpo tornou-se até exagerado, sobretudo quando a publicidade o utiliza para vender toda espécie de produtos.

O corpo negro também lucrou com essa reabilitação: deixou de ser unicamente o espaço do sadismo e do masoquismo, da humilhação e da opressão. É até apresentado como um trunfo, um atributo da dignidade. O romance *O mundo se despedaça**, do nigeriano Chinua Achebe, evoca, por exemplo, o belo corpo de grande lutador do herói Obi Okonkwo de um jeito que lembra as qualidades marciais das personagens de Homero. No Ocidente, aconteceu até de o corpo negro representar as concepções exóticas de beleza que estão na moda. Joséphine Baker e Naomi Campbell passaram por isso. Do mesmo modo, os belos corpos atléticos de Mohamed Ali ou Michael Jordan acabaram se impondo na publicidade, ao lado de outros esportistas de cabelos louros e olhos azuis.

Os cartões-postais e os livros de arte sobre a África são agora ilustrados com bonitos corpos negros que mostram uma tendência ocidental para o exotismo. Veem-se assim pastores fulas de porte hierático, cavaleiros tuaregues de túnicas ocre ou esbeltos guerreiros massais de tangas vermelhas. Tais imagens, que fazem muitos turistas fantasiar, mostram uma nova dimensão quase cósmica do corpo negro. Mas a exaltação da beleza desse corpo não deve apagar a quantidade de estereótipos que carreia sobre a sexualidade negra,

---

* C. Achebe, *O mundo se despedaça* (São Paulo, Companhia das Letras, 2009). (N. E.)

que permanece como fonte de preconceitos, medo e racionalização das hierarquias entre as raças.

A imagem social da feminilidade também evoluiu. Durante muito tempo, o ideal de beleza na África foi a silhueta da nobre dama graciosa, de ancas estreitas e seios pontudos. Em Nova Iorque como em Abidjã, toda a gente devaneava diante das fotos de Marilyn Monroe que decoravam os quartos dos estudantes. O sucesso desse tipo de silhueta feminina não era decorrente apenas do poder uniformizador da moda internacional. Era explicado também pela habituação do olhar coletivo à simetria das formas, às normas quantitativas da harmonia e a certa concepção da estética. As coisas mudam. Novas concepções da beleza do corpo estão em via de validação. O ideal da mulher bela, fatalmente alta e esbelta como as modelos das revistas de moda, já não vigora em numerosas regiões da África. Os concursos de beleza mais cotados escolhem mulheres que, outrora, teriam sido classificadas como "feias". Um dos mais célebres é a eleição da "mais linda gorda" de Burkina Fasso (Miss Poog-beêdre), cujo objetivo é "coroar a beleza das gorduchas". Por ocasião dessa manifestação anual, são de fato as mulheres corpulentas que recebem as honrarias...

O ideal de juventude e de magreza que leva muitas mulheres no Ocidente a lotar as academias de ginástica e controlar ciosamente a alimentação é combatido com discrição em certas sociedades em que o corpo é vestido com simplicidade e assume tranquilo sua velhice e suas limitações. Observando um corpo vestido que se movimenta sereno no Senegal, Catherine Ndiaye escreve:

> O abatimento do corpo que se torna mais pesado, desgastado, ganha uma espécie de lascívia sob o tecido. Forma que meneia e é bela em seu movimento lento, hesitante. O excesso nos quadris

é uma continuação do andar que se alteia a cada passo e o suaviza. A indolência da carne relaxada é inteiramente convertida em sensualidade, dissipa-se em langor e forma uma espécie de aura atraente em torno de uma corpulência um pouco ancilosada; o ventre bem nutrido provoca uma espécie de amplitude que produz ao mesmo tempo a imagem reificada da segurança[4].

A velhice não é sentida como maldição nem como sinal de incompetência social. Um corpo envelhecido é, ao contrário, uma marca de sabedoria, símbolo de uma vida bem vivida, digna de respeito.

O "velho" não pode ser apontado como um ser degradado; não é feio porque é velho, pois o desgaste do corpo é o traço escrito e diretamente legível da vida que ele conhece tão bem. Vista desse ângulo, a pele enrugada torna-se um conjunto de sinais atraentes, impressionantes[5].

As concepções africanas do corpo feminino têm evoluído no ritmo das dinâmicas sociais, econômicas, políticas e religiosas. Espaço da reprodução e, portanto, da perenização da espécie, o corpo feminino é também o espaço conflitante onde se esbarram sentimentos contraditórios, apetites perigosos, fraquezas humanas, e onde se manifestam o desejo e a desconfiança. É sempre "lugar de contestação e de afirmação", terreno "onde se encontram diferentes discursos sobre as práticas sociais, as crenças e o livre arbítrio", como diz Nathalie Etoke. Permanece uma espécie

---

[4] C. Ndiaye, *Gens de sable* (Paris, POL, 1984), p. 31.
[5] Ibid., p. 30.

de termômetro social que permite captar o ar do tempo e a visão que a sociedade tem de si. Logo, é objeto de atenção especial. A higiene do corpo à qual as mulheres devem se sujeitar, a aparência, as roupas e os rituais da faceirice continuam a promover um ideal de perfeição física que reflete o alto grau de exigência ética. Mas os cânones de beleza em vigor na savana já não são definidos na Bolsa da moda de Nova Iorque ou Paris. São negociados no cotidiano, em função da ordem de valores de cada época, isto é, no ritmo das dinâmicas sociais.

A beleza tirânica

Millie já sabia: a apologia do corpo e o culto da beleza correspondem também a exigências sociais e econômicas. É difícil definir com rigor o que essa beleza significa, pois cada sociedade fixa seus critérios e acomoda-se com seus arbítrios. O subjetivismo dos critérios de beleza não lhes tira a pertinência: diversos estudos que utilizam técnicas estatísticas rigorosas mostram, por exemplo, que existe um prêmio da beleza do corpo no mercado do trabalho em quase todas as sociedades. Na China, os resultados das sondagens e as análises econométricas mostram que as despesas femininas com produtos e serviços de beleza melhoram não só a percepção que o público tem delas, mas também seu nível de rendimento. Em vários lugares da Europa, pesquisas de cientistas sociais chegam a conclusões similares. Até a associação dos economistas americanos, cujos membros duvidavam do poder econômico e social da beleza do corpo, ficou muito constrangida quando um estudo econométrico dirigido por Daniel S. Hamermesh provou que os candidatos com mais chances de serem eleitos como dirigentes são aqueles que os votantes julgam os mais bonitos⁶ ... Esses pobres pesquisadores deveriam ter lido as confissões da mãe de Harry Belafonte: a beleza tornou-se um diploma, uma qualificação suplementar para quem quer aumentar suas chances na busca de emprego.

Como a gente não escolhe a imagem corporal que mostra aos outros, tal lógica contém o problema da injustiça. Suscita até novas formas de discriminação contra as pessoas que não dispõem de um "lindo" rosto ou de um "belo" corpo. Nos Estados Unidos, a jurisprudência cada vez mais sedimentada proíbe toda discriminação no mercado de trabalho baseada na aparência física – o que é uma maneira implícita de definir negativamente o ideal de beleza: a lei determina assim que toda pessoa intelectualmente qualificada é supostamente "linda" o bastante para ocupar qualquer emprego. Leis punem os patrões que discriminarem seus empregados pelo critério de altura, peso ou idade. Um decreto da Corte Suprema do Estado de Vermont faz jurisprudência. Estipula que o fato de uma arrumadeira não ter dentes não pode ser usado contra ela pelo empregador, pois trata-se de uma deficiência protegida pela lei desse Estado (*Fair Employment Practices Act*)⁷ ...

Millie também já sabia que, além da função utilitarista ditada pelas exigências do mercado, o corpo se tornou instrumento de valorização pessoal. Por isso, necessita de atenção particular, ou mesmo de *liftings* e "melhorias" constantes. O tratamento que lhe é

---

⁶ Cf. Daniel S. Hamermesh et. al., "Dress for success. Does primping pay?", *Labour Economics* (Chicago, n. 9, out. 2002), p. 361-73, e Daniel S. Hamermesh, *Changing Looks and Changing "Discrimination": The Beauty of Economists* (Austin, University of Texas, 2005).

⁷ *Hodgdon* versus *Mt. Mansfield Company*, Suprema Corte de Vermont, 6 nov. 1992.

reservado revela um modo de posicionamento na sociedade e serve às vezes de visto para o indivíduo mudar de classe social. Assim se explica a profusão de práticas como a tatuagem, o *piercing* e tantas outras formas de reabilitação do corpo que, além de constituírem práticas culturais ou tendências da moda, representam maneiras de reivindicar o direito à beleza.

Na República de Camarões, o homem do povo fala com admiração dos "queixos duplos" para designar os burgueses cujo pescoço ostenta como marca honorífica as pregas que a vida abastada lhes concedeu. No Congo, admira-se o "ventre administrativo" cultivado por altos funcionários cujas formas robustas lhes conferem boa aparência e autoconfiança. Na África subsaariana, alisam-se os cabelos (ou tingem-se de louro cabelos crespos e pretos) e usam-se cosméticos para clarear a pele, seja porque se acredita no potencial de sedução do corpo artificialmente clareado (mesmo que fique amarelado), seja porque estrelas do *show business*, como o cantor Koffi Olomidé, o fazem. É uma maneira de levar a sério o que Eleanor Roosevelt costumava dizer: "Ninguém pode fazer você se sentir inferior sem o seu consentimento".

Essa glorificação frenética do corpo existe no mundo todo. A Ásia é o principal centro mundial de produtos farmacêuticos para o clareamento da pele. No Japão, mais de um quarto dos produtos de cuidados pessoais contém ingredientes ativos para clarear a cútis. O dinheiro que esse país gasta anualmente com tal procedimento supera o orçamento anual do Estado de Burkina Fasso... O mercado norte-americano voltado para a supressão das marcas de senilidade também é grande. Na China, é cada vez maior o número de moças das classes médias e inferiores que fazem uma plástica para tornar os olhos menos puxados. Jean-François Mattéi resume bem a situação:

A imagem do corpo tornou-se um desafio narcisista e profissional maior no sentido de resolver a frustração de ser apenas o que se é. Da angústia da aparência que atormenta o adolescente à obsessão do homem grisalho de meia-idade que teme a desgraça das rugas ou a decadência da calvície, somos obrigados a pensar que nossa sociedade veicula uma visão materialista da pessoa[8].

A beleza do corpo tornou-se praticamente uma forma de ditadura insidiosa à qual camadas cada vez maiores da população aceitam sujeitar-se porque é uma manifestação da consciência de si.

A escravidão assumida

Para avaliar o significado dos tratamentos do corpo humano e o que eles revelam das técnicas do eu, é preciso ir além da mera preocupação de agradar, e explorar as outras motivações que sustentam esses tratamentos. É verdade que grande parte das doações de órgãos se deve a considerações altruístas de quem quer ajudar o outro, ainda em vida ou depois da morte. Membros de uma mesma família fazem isso com os rins. Bancos de sangue ajudam a salvar diariamente milhares de vidas em todo o mundo, graças à generosidade de benfeitores anônimos que oferecem um pedaço de si para melhorar a condição de vida dos outros. Mas o espetacular desenvolvimento do mercado dos corpos revela também a proporção crescente de pessoas que se servem de seu invólucro carnal como fonte de renda. Já não se trata apenas de valorização estética da pessoa ou de valorização de uma ética do altruísmo, mas de valorização pecuniária de si.

---

[8] J.-F. Mattéi, Discurso de abertura do I Encontro Internacional "O corpo e sua imagem" (Paris, 20 de setembro de 2002).

Para os mandatários desse recente comércio assimilável a novas formas de escravidão, o corpo é uma mercadoria como qualquer outra, um produto capaz de gerar lucro. Esteja ou não ligado a uma alma, pouco importa, pois é percebido como um agregado de órgãos, ou seja, uma utilidade. Os instrumentos básicos da microeconomia ajudam, aliás, a examinar a estrutura e o funcionamento do mercado internacional do corpo. Oferta, demanda, quantidade, penúria e excesso levam a compreender as faixas de preço. A elevação da esperança de vida provoca um aumento constante da demanda mundial de órgãos humanos, e o desenvolvimento dos mercados financeiros, da internet e dos progressos da cirurgia facilita a troca e o tráfico. Métodos de valorização e de cotação da existência humana foram elaborados por especialistas em finanças e são usados em diversos ramos do Direito, como na área de seguros. Isso banaliza a aceitação moral de um mercado do corpo.

As normas éticas em matéria de tratamento do corpo evoluem com rapidez: em nome dos grandes princípios de respeito à pessoa humana e à integridade física, a venda de órgãos é oficialmente proibida em muitos países. Em compensação, a cessão gratuita ou a doação de órgãos à medicina para fins científicos ou terapêuticos é em geral autorizada e estimulada. Mas o enorme desequilíbrio entre a oferta e a procura provoca por toda a parte uma penúria que facilita o aparecimento de um mercado negro internacional, no qual os preços são determinados de acordo com o princípio de raridade, os benefícios potenciais, as comissões dos intermediários e a avaliação do eventual risco para vendedores e compradores.

A abolição oficial da escravatura não pôs fim à questão da transformação do corpo humano em *commodity*. No mundo todo, a comercialização do ser humano continua assumindo às vezes formas subterrâneas ou se disfarçando em pretensas práticas culturais, como a das castas. Isso tudo agravado pela extravagância de uma concepção extrema do capitalismo, que parece ter democratizado a probabilidade de a pessoa ser vítima de exploração física: a lógica implacável do mercado e da desregulamentação dos fluxos de capital, que cada país se vê obrigado a atrair em grande quantidade para financiar o investimento e a criação de empregos, favorece a emergência de atividades ilícitas. Tudo o que pode colaborar para o aumento do produto interno bruto (PIB) é estimulado sorrateiramente. John Kenneth Galbraith ironizava o modo de calcular o PIB – soma dos valores agregados obtidos pelas empresas de um país e principal indicador da saúde econômica de uma nação. Observava com humor que os rendimentos provenientes da prostituição estão incluídos no PIB, já a atividade amorosa "pura", que dinamiza a vida do casal, não tem valor comercial nem é computada como contribuição para a riqueza nacional e para o PIB...

Do lado das vítimas, podem-se distinguir várias atitudes. Em primeiro lugar, a das pessoas que se vêm obrigadas a participar de esquemas mafiosos e são objeto de tráfico do corpo. Elas sonham em recuperar se não uma aparência de dignidade humana ao menos o sentimento de liberdade. Pesquisas sobre as redes internacionais de prostituição mostram que o trauma da privação de liberdade deixa sequelas indeléveis na alma. O modo como tais pessoas aceitam a humilhação e a máxima tolerância que elas têm diante do sofrimento nos faz pensar no que dizia Sacha Guitry: "Tenho a impressão de que sou livre somente quando fecho a porta. Quando passo a chave, não sou eu que fico fechado, são os outros do outro lado".

Há também as vítimas consentidoras, com motivações diversas: será que alguém que não suporta ser obeso e recorre à cirurgia estética para dopar sua autoestima, ser mais bem aceito pela sociedade ou melhorar as chances de encontrar emprego tem as mesmas preocupações éticas que aquele que se vê obrigado a vender um rim para evitar a fome? É possível estabelecer uma equivalência moral entre os camponeses pobres do norte de Burkina Fasso que são obrigados pela miséria a negociar o trabalho (e até o corpo) de seus filhos e as africanas que emigram de Dacar, Lagos ou Duala para Nova Iorque ou Zurique a fim de exercer a prostituição de luxo?

Tais vítimas integram-se deliberadamente nesses novos mercados do corpo com o niilismo dos que não acreditam na felicidade e não se tolhem com preocupações metafísicas. Para elas, a prostituição e outros comércios do corpo são ocupações como outras quaisquer. Estimam que toda investigação mais profunda sobre a ética profissional ou sobre a "qualidade" da existência levada por cada ser humano é malsã e debilitante. A vida só é suportável para quem não pensa muito nos destinos individuais, para quem não se envolve demais com tais ideias. Aliás, para ter alguma chance de sucesso, toda escolha de carreira deve comportar certa dose de ilusão. Pois a lucidez total é o fim de qualquer vontade, desânimo garantido, o nada. O corpo, aliás, não é somente o que se é, mas também o que se tem. É um ativo financeiro, um instrumento de produção, um meio de subsistência. Quanto à liberdade, não passa de uma miragem enquadrada por leis, regras e normas sociais, isto é, "a faculdade de escolher suas limitações", como dizia Jean-Louis Barrault.

A verdadeira novidade do mercado do corpo não é, portanto, o frenesi com que se procuram órgãos em um contexto de penúria, nem mesmo o cinismo dos traficantes, mas a necessidade de sobrevivência e de gestão da própria humanidade daqueles que se julgam obrigados a vender seus órgãos para não morrer de fome, ou até por cobiça. Órgãos humanos (sobretudo os rins) tornam-se assim ativos financeiros ou formas de poupança negociadas sem grande preocupação. Há anos, o célebre *site* de leilões *ebay.com* teve de sustar a venda pública de um rim humano. O anúncio *on-line* enviado por um morador do Estado da Flórida pretendia ser sóbrio e atraente: "Rim humano em bom funcionamento à venda. Você pode escolher qualquer um deles. O comprador assumirá todas as despesas médicas e do transplante. É evidente que só um rim está à venda, preciso do outro para sobreviver. Ofertas sérias unicamente". No momento que o leilão foi suspenso, as ofertas para a compra do rim já tinham chegado a 5,7 milhões de dólares... Meses antes, um bebê tinha sido posto à venda no mesmo *site* para "democratizar" o acesso dos casais estéreis às alegrias da paternidade e da maternidade.

As proclamações moralizadoras sobre a inviolabilidade corporal não conseguem impedir o uso do corpo para fins comerciais, o aluguel e o empréstimo de úteros ou a comercialização de bebês. Esse desmantelamento físico ou mental do organismo em relação ao corpo, e do corpo em relação à pessoa, leva à questão da "existência de um direito subjetivo de dispor dos elementos ou funções do corpo, ou, inversamente, de apossar-se do corpo de outrem", segundo Catherine Labrusse-Riou. O consentimento das supostas vítimas desse tráfico enfraquece a denúncia dos novos usos do corpo. Resta saber por que milhões de pessoas no mundo oferecem de maneira cada vez mais deliberada sua intimidade física e seus órgãos para redes econômicas mafiosas.

Como foi que passamos da época em que a escravidão era uma atividade econômica determinada por relações de força, e imposta com brutalidade a suas vítimas, para um mundo em que há cada vez mais pessoas vendendo deliberadamente seu corpo a quem der mais? Como o comércio do corpo, que provocou uma guerra de secessão nos Estados Unidos e suscitou novas normas morais no Ocidente, tornou-se um setor de atividade e uma fonte de lucro como tantos outros? Como a herança moral do *habeas corpus* que determinou o pensamento e as atitudes ocidentais em matéria de direitos humanos durante séculos foi subvertida, a ponto de ser interpretada hoje como o direito de vender livremente um rim ou qualquer outro órgão do corpo?

Mais uma vez, as escolhas de Millie oferecem uma pista para a reflexão: o corpo não é apenas o reflexo da consciência estática de si. É também o vetor das ambições que nutrimos. A exploração do corpo é considerada uma obrigação intelectual (e quase moral) necessária à sobrevivência. Apesar de sua comercialização cada vez mais intensa ao longo dos séculos, o corpo continua sendo um poderoso produtor de discursos. Discurso sobre si e ao mesmo tempo discurso sobre o outro, já que é o espaço onde o pobre e o carente interpelam o que resta da consciência coletiva da humanidade. Para os pobres, permite manter grandes ambições para si e escrever (nem que seja em pontilhado) a marca de uma vida em um modo narrativo mais amplo e mais "respeitável". Permite sonhar com outro possível e posicionar-se fora dos preconceitos. Permite compensar déficits de autoestima e de dignidade. Essa maneira de reinventar as técnicas do eu revela um modo de existência e um *status* do sujeito filosófico, que já não é uma instância determinada *a priori*, mas sim uma realidade livremente elaborada segundo formas específicas de subjetividade. Emmanuel Kant deve estar se revirando no túmulo ao ver que um dos postulados essenciais de seu pensamento filosófico é assim maltratado por cidadãos, pobres e iletrados, mas sem complexos.

VI
A violência como ética do mal

"A dor é o que há de mais eu."
Cioran

"Nunca se é prudente demais na escolha dos inimigos."
Oscar Wilde

Não foi por voyeurismo nem por morbidez que me dirigi naquela noite ao distrito policial do porto de Duala. Foi mais para ter certeza da minha humanidade e capacidade de indignação, para ver com meus próprios olhos coisas que não se podem nomear, e talvez dar testemunho delas um dia. Foi, portanto, uma espécie de instinto cidadão que me levou a esperar, com alguns outros curiosos, diante do grande portão enferrujado vigiado por três guardas sonolentos e visivelmente irritados. Alguém me telefonara uma hora antes para avisar que os presos da "Coalizão" seriam libertados a qualquer momento. Esses cinco líderes, representantes de uma facção da oposição emergente, tinham sido presos dias antes, sem que tivesse sido apresentado oficialmente nenhum motivo para a detenção.

Eu conhecia quase todos: alguns eram políticos com uma longa carreira no partido único antes de assumir o risco de declarar publicamente sua adesão às virtudes de um pluralismo político balbuciante. Outros desejavam tornar-se líderes da sociedade civil renascente e dirigiam associações de defesa dos direitos humanos, quase sempre criadas às pressas por necessidade de um posicionamento político. Semanas antes, eles haviam feito uma turnê midiatizada em diversos países ocidentais para denunciar a violação dos direitos humanos sob o regime do presidente camaronês Paul Biya. De passagem por Paris, foram capa de uma revista que estampou sob a foto ampliada: "Se Biya teimar, nós o derrubamos!". Tanta convicção não agradou ao chefe do Estado, que, assim que eles regressaram à terra, deu ordens firmes aos serviços de segurança para que providenciassem um tratamento à altura do desaforo. Sem a mínima hesitação, os eficientes carrascos da República executaram a tarefa com tal zelo que devem ter recebido um aumento de salário. O rumor dos maus-tratos que os presos sofreram durante as sessões de tortura logo se espalhou. No país da violência usual, era muito difícil para mim ficar indiferente ao sofrimento silencioso dos presos.

Da soberana surra nacional

Esperei ansioso diante do distrito. O portão finalmente se abriu com uma lentidão quase teatral, em um ranger sinistro bem próximo ao escolhido pelos editores de filmes de terror. Eram uns cinco ou seis que, sob o olhar impávido dos carcereiros, saíram em fila, de cabeça baixa e semblante fechado. Na penumbra, não reconheci todos, alguns correram para os carros de parentes. Samuel Eboua, o mais idoso, era também o mais conhecido: várias vezes ministro, tinha sido secretário-geral da presidência da República – na verdade, a segunda autoridade da "República". Ao sair, parecia meio aturdido.

Como a família não fora prevenida da liberação, ninguém estava à sua espera. Trôpego, veio até mim e perguntou se podia levá-lo ao centro da cidade. Só quando ele se sentou com muita dificuldade no meu carro, que não era grande, compreendi a gravidade da situação. Depois de apanhar duzentas vergastadas, estava com o traseiro enfaixado e as feridas ainda em carne viva. O boato que corria na cidade, portanto, era verdadeiro: os presos tinham sido torturados.

Perdi o fôlego: 67 anos não parece uma idade avançada. Mas em um país onde a expectativa de vida não chega a 50 anos é uma idade respeitável, em que o corpo tem o direito de não ficar à mercê dos carrascos de uma prisão. "Eles bateram em mim! Deram duzentas chicotadas na minha bunda!", disse-me como para se desculpar pelo tempo que estava demorando para entrar no carro. Espantado com a confissão inesperada, não disse nada, envergonhado do meu país e da minha impotência. Como todos os outros presos da "Coalizão", Samuel Eboua tinha sido violentado, brutalmente martirizado pelos guardas que executaram as ordens recebidas. Ao vê-lo, lembrei-me do meu assombro no dia em que, ao folhear a lista telefônica, constatei que o Centro Nacional de Documentação, sede da polícia política e quartel-geral onde eram torturados os opositores do regime, só tinha dois números: o da recepção e... o da enfermaria.

Samuel Eboua pediu que eu o levasse diretamente ao Consulado da França. Fazia questão de mostrar os maus-tratos que sofrera ao cônsul, um de seus amigos. Contou-me detalhes de sua estada no distrito, exprimindo-se com surpresa, mas sem raiva. Tinha sido detido para o que julgava ser um interrogatório de rotina. De repente, foi jogado em uma cela nojenta junto com outros presos, sem nenhuma pergunta. Depois, um dia, ainda sem perguntas, teve de se deitar no chão com os outros, enquanto soldados jovens e fortes davam duzentas chicotadas no traseiro de cada um. Era, como explicaram, a resposta do Presidente da República à reivindicação de uma conferência nacional soberana, que serviria de Assembleia Constituinte. Em vez da conferência, propiciavam uma "soberana surra nacional", destinada a encerrar qualquer discussão política sobre a solidez e a representatividade das instituições políticas do país.

Ele falava sem olhar para mim, simulando mais interesse pela vida miserável dos que passavam na rua do que pela conversa, que lhe devia custar muito. Para animá-lo, tentei não me referir ao acontecido e sugeri que um bom tratamento médico resolveria todas as cicatrizes daquele ato bárbaro. Tentava disfarçar minha indignação olhando para as damas das calçadas que atiçavam os transeuntes com seus sorrisos de marfim e a visão efêmera de seus bustos.

Fui guiando devagar. As ruas da cidade eram esburacadas e as lâmpadas tinham sumido dos postes. Estava preocupado com o estado de saúde do meu ilustre passageiro e com os pensamentos que me invadiam: duzentas chicotadas! Como puderam fazer uma coisa dessas com um homem daquela idade? Mesmo em uma ditadura tropical medíocre que conta com a benevolência da comunidade internacional, tal ato de senzala surpreendia. A República de Camarões não estava na moda, não era o Zimbábue, nem o Tibete, nem a Birmânia. Mas, mesmo assim, indecência tem limite. E dizer que as tradições africanas garantem a maldição e até o inferno para aquele que levanta a mão para uma pessoa de idade! Fiquei imaginando o guarda que tinha executado "as altas instruções da hierarquia", mandando deitar-se no chão um homem que podia ser seu pai ou seu avô e açoitando-o sem dó nem piedade. Pensei na humilhação e nos gritos provavelmente roucos que Samuel Eboua deve ter soltado sob o suplício, e ao desinteresse calmo do torturador, que talvez tivesse se drogado para executar a tarefa.

Disfarces da violência

O amigo para a casa de quem corri naquela noite recebeu minha indignação com a serenidade de um sábio budista. Trouxe-me um grande caneco de cerveja quente e sugeriu que eu pensasse bem. É verdade que a "soberana surra nacional" sofrida por homens que desejavam derrubar um regime autoritário não era um belo momento de estética política. Mas o fato nada tinha de surpreendente: nos trópicos, a pessoa que se arrisca a desafiar uma ditadura militar sabe o que a espera.

A frieza de tal fatalismo me espantou. Meu amigo explicou melhor o que pensava, lembrando que a brutalidade do tratamento dado a esses membros da "Coalizão" não era nada se comparada a tragédias perpetradas na história política recente de nosso país e da África. É verdade: em uma época bem próxima, essas pessoas teriam desaparecido sem deixar vestígios. Durante várias décadas de independência política saudada como portadora de paz e felicidade, os suspeitos de pertencer a partidos da oposição eram discretamente sequestrados, condenados em processos extrajudiciários e executados. Os mais sortudos eram levados para sinistros campos militares em Tchollire, Mantung ou Yoko, de onde saíam, anos depois, cegos ou estropiados. O escritor Mongo Beti, o Soljenitsyn camaronês, fartou-se de escrever sobre esses *gulags* tropicais, mas não conseguiu comover nem uma chancelaria ocidental.

Nos anos 1960, o Exército atacava com napalm os bairros e aldeias onde militantes da oposição clandestina encontravam abrigo. O terror era o único contexto de diálogo político. Em janeiro de 1971, Ernest Ouandié, presidente de um partido ilegal, foi executado em praça pública em Bafussam, ato para o qual as autoridades convidaram ruidosamente a população a "ir assistir em massa". Não era de fato uma inovação na morte-espetáculo: o culto da morbidez, o espetáculo público do sofrimento e a encenação do medo já eram armas-fetiche dos colonos franceses, britânicos e alemães que foram senhores desse território durante quase um século.

Mais grave ainda, continuou meu amigo enquanto me servia mais cerveja: não estamos em Serra Leoa, onde cortavam as mãos das crianças por razões políticas, nem em Ruanda, onde as mulheres foram violentadas em massa. É verdade: apesar de seus deslizes, a luta política ainda não se transformara em uma erupção de violência tão abjeta quanto a que havia levado vizinhos e parentes a se atacarem a machadadas, cortando braços ou orelhas uns dos outros. Em suma, ainda não havia centenas de milhares de mortos, e não havia corrido tanto sangue a ponto de justificar a presença das câmeras de televisão. "Relaxe", aconselhou meu amigo. "Até agora, não tivemos direito nem a um simples comunicado da Organização das Nações Unidas..." E explicou com serenidade que, para ter vida longa no país, o segredo era compreender e aceitar que tudo era ilusão, e sobretudo não tentar intelectualizar os pequenos mistérios da vida cotidiana. Sim, alguns políticos principiantes haviam apanhado. Mas isso não era uma coisa do outro mundo. O fato de os terem tratado como criança e ferido seu ego era até engraçado... "Se começar a se sujeitar ao moralismo das grandes virtudes, você corre o risco de se tornar lúcido, o que é o começo da loucura."

Saí dessa conversa meio tonto, não tanto por causa da cerveja e da umidade noturna de Duala, mas sobretudo pela confusão em que me pusera o niilismo do meu amigo. E se ele estivesse certo? E se minha estada no Ocidente e minha educação na Sorbonne tivessem entorpecido minha alma a ponto de me transformar em um romântico que desconhece a si mesmo? Seria certo aceitar o aspecto quase ingênuo da nova violência política à camaronesa e seu grau relativamente comedido de crueldade?

Depois, discuti essa "soberana surra nacional" com uma compatriota um pouco menos cínica. Contei-lhe os argumentos que havia escutado em Duala: é claro que não é de bom-tom violentar chefes de família cujo único erro foi expressar suas opiniões. Mas a integridade física de todos estava intacta, e nenhum havia sido executado em praça pública. Ela ficou roxa de raiva: como pode alguém estabelecer hierarquias morais entre formas de violência, que, a seu ver, são todas graves? "E todas as pessoas que morrem silenciosamente de fome, de sede ou de doenças nos hospitais por falta de medicamentos? Não se trata de crueldade política e, portanto, de uma forma de violência igualmente cruel?"

Ela tocava assim no problema da definição de violência, que depende da apreciação subjetiva de cada um. A surra recebida pelos líderes da oposição camaronesa era um evidente ato de violência. Mas a agressão dissimulada contra a integridade psíquica dos indivíduos também é uma forma disfarçada de violência, ainda mais condenável. Com modalidades talvez mais sofisticadas e manifestações menos espetaculares, mas de efeitos que podiam ser igualmente devastadores.

Pornografia do poder

Essa conversa me obrigou a repensar a famosa "soberana surra nacional" e seu significado. Entendi então que o governo não se contentara em mandar torturar física e psicologicamente seus adversários políticos. Decidira proceder da maneira mais brutal possível e fazer que todos soubessem disso no país inteiro. Vários motivos justificavam tal decisão: primeiro, era a expressão da cólera extrema do presidente da República e de sua camarilha, chocados porque um punhado de homens sem envergadura política havia feito uma turnê pelo estrangeiro para apresentar à opinião pública internacional uma imagem pouco elogiosa do regime. Na dinâmica das relações de força entre poder e oposição, era essencial não deixar que se estabelecesse um precedente permitindo aos oposicionistas ter ascendência psicológica, ganhar confiança e instituir relações estratégicas com parceiros externos.

Mais grave: esses opositores haviam ido à redação de uma revista parisiense (muito influente na época) e proclamado em manchete que "derrubariam"um chefe de Estado que cultivava a mística de ser Deus. O poder de Iaundê precisava infligir um castigo exemplar aos homens que o haviam desafiado sem ter recursos necessários para tanto. A surra que levaram ao voltar ao país era uma maneira de mostrar o aspecto ridículo de suas pomposas declarações à imprensa internacional. Servia também como intimidação e dissuasão para todos que tivessem a veleidade de se opor ao regime. O suplício devia lavar a ofensa sofrida pelo chefe supremo, restaurar o mito e reforçar no subconsciente coletivo a força transcendente de um poder inabalável. "Quando o povo já não teme o poder é porque está à espera de outro poder", dizia Lao-tsé.

Aliás, o governo não mostrou escrúpulos ao desfiar a costumeira algaravia oficial de leis e regulamentos que teriam sido infringidos pelos "desordeiros". Nem era preciso dar um verniz jurídico à ação, pois a disciplina decorria da mera força bruta, da soberania "natural" do sátrapa. Era a norma única a seguir. O objetivo era submeter cada indivíduo à autoridade do chefe infalível e impor a sujeição de todos. As técnicas de coerção usadas deviam restaurar o regime disciplinar pelo qual a palavra, o comportamento, as ambições e os movimentos dos indivíduos eram controlados, e a vontade do presidente todo-poderoso era obedecida. O caráter exemplar da punição tornara-se, por isso, indispensável.

A questão que surgia para os torturadores de Iaundê era a escolha das técnicas punitivas. A história dos procedimentos penais e dos sistemas de representações das sanções mostra como cada uma delas revela um modo de organização do poder. Permite distinguir quatro tipos de sociedades punitivas: as que excluem os condenados (estes são obrigados a exilar-se); as que organizam uma forma de remissão (a justiça torna-se então uma espécie de retribuição); as que deixam uma marca (o corpo do supliciado exibe a punição); e as que isolam as pessoas julgadas culpadas (a prisão). Os mecanismos punitivos são menos importantes do que seu objeto e do motivo pelo qual cada sociedade pune seus "culpados".

O caso de Samuel Eboua e seus companheiros era revelador do funcionamento do sistema camaronês de "justiça". Nele, a punição misturava os gêneros: compreendia ao mesmo tempo a prisão, a retribuição concreta (castigo físico), a violência expressa e a humilhação como forma simbólica de exílio. A preocupação do governo não era saber se os acusados tinham violado uma lei qualquer e cometido os delitos ou crimes dos quais eram acusados. Tratava-se de imputar-lhes a responsabilidade de uma ambição política e de uma posição social a que não tinham direito, e puni-los de modo a reabilitar o poder existente. Para isso, dispensaram-se processos, debates contraditórios ou discussões sobre as circunstâncias atenuantes ou agravantes. A justiça se confundiu com a punição para proclamar uma verdade psicológica infalível: a força do presidente. Não considerou elementos de comportamento identificáveis, mas sim ambições enunciadas ou não confessadas. Julgou menos os atos cometidos ou as declarações proferidas que as intenções. Não julgou infrações, e sim desejos, virtualidades de comportamentos. Tentou desmontar uma "periculosidade". Essa "justiça" não era a instância de validação da ordem social, mas o sistema de produção de uma verdade imutável.

Todo poder político se funda no mistério de uma aposta: aquela segundo a qual os governados vão se submeter, por ignorância ou por convicção, pela vontade ou pela força. Paul Valéry comparava as chances de sobrevivência dos regimes políticos às dos bancos, que devem sua perenidade à fraca probabilidade de todos os clientes irem ao caixa no mesmo dia para sacar seu dinheiro. O governo camaronês conhecia bem a física política dos equilíbrios sociopolíticos e das combinações dinâmicas em situação de instabilidade. Para reduzir a probabilidade de uma revolta generalizada, reforçar o mito e proteger-se dos riscos da dúvida, não podia tolerar a mínima brecha no imaginário coletivo. Diante da infâmia do crime de lesa--majestade de que se tornaram culpados cidadãos sem força política real, uma poderosa forma de vingança simbólica tornava-se necessária. A punição tinha de ser espetacular para atingir a imaginação e marcar as mentes de maneira indelével. Devia restaurar a reputação e a lenda de invencibilidade do presidente, revalidar o "contrato social" vigente e constituir a base da memória futura.

O que podia haver de melhor para obrigar os cidadãos a aceitar a ordem das coisas, e ajustar sua conduta, do que um tratamento de choque nos líderes da oposição? A punição tinha de ser física e obrigá-los a se dobrarem. Devia constituir um castigo justo para aqueles corpos rebeldes que, talvez sem medir a gravidade de seus atos, tinham desafiado o poder no seu íntimo, a ponto de revelar--lhe a nudez. Impunha-se uma resposta proporcional: mesmo com o risco de entrar em uma espécie de anatomia política e ceder a um tipo de pornografia do poder, a "soberana surra nacional" foi considerada necessária pelos governantes.

Metafísica política da surra

Mas por que escolher a surra e não outro castigo físico suscetível de infligir o mesmo grau de dor? Para compreender isso, precisei reexaminar a personalidade dos detidos, seu relativo peso político, e interpretar a linguagem do autoritarismo na África.

Samuel Eboua, o líder do grupo, era também um antigo ministro do presidente Paul Biya, de quem fora, aliás, um dos rivais na sucessão do presidente Ahmadou Ahidjo. Pela idade e pela longa carreira na alta administração (era titular das mais altas condecorações civis), Eboua viu-se à frente de um dos principais partidos oposicionistas. Mas não contava, pessoalmente, com muitos seguidores políticos no país. Para o governo, era um tigre de papel. Ex-*apparatchik* insubmisso, Eboua era detestado por Paul Biya, que se sentia desprezado por ele. A "soberana surra nacional" parecia-lhe um bom acerto de contas, o mais humilhante possível, sem correr o risco de enfrentar uma revolta popular.

O mesmo ocorria com o outro líder do grupo. Ex-militante ativo do partido único e homem de negócios desempregado, meses antes ele tinha organizado caravanas populares através do país para ridicularizar as reivindicações de liberdade da oposição nascente e rejeitar a instauração do pluripartidarismo. A televisão nacional pusera-se a seu serviço para que denunciasse as "aves de mau agouro" e os intelectuais que ousavam criticar Paul Biya e o sistema do qual ele era um dos barões. Depois de esperar em vão que o chefe do Estado o recompensasse com uma mordomia qualquer pelos serviços prestados, o indivíduo – desiludido – passou para as fileiras da oposição. A meia-volta não agradou ao poder, que o considerou um traidor.

Quanto aos outros três membros do grupo, nenhum tinha peso político suficiente que os preservasse da prisão e da tortura: um era advogado admirado pelo talento de jurista e pela coragem na defesa da imprensa independente e dos militantes dos direitos humanos; outro era um ativista determinado, corajoso e cheio de imaginação, que lançara a ideia de uma greve geral ("cidades mortas") retomada em seguida pelos partidos de oposição para paralisar boa parte do país durante três meses; o último era o chefe autoproclamado de um microscópico partido político sem militantes conhecidos, com ares de agitador exótico. Enfim, nenhum dos cinco dispunha de capital político suficiente para protegê-los das formas corruptas da brutalidade do poder.

Do ponto de vista do monarca, a ideia da surra era ao mesmo tempo diabólica e genial. Não era apenas um ato de tortura física destinado a causar dor. Continha também motivações psicopolíticas perversas. Ao ordenar a violação das partes mais íntimas e mais sensuais do corpo de seus adversários políticos, o presidente Paul Biya adotava uma espécie de pornografia do poder cuja metafísica precisava ser entendida. Primeiro, a violação de uma zona erógena como as nádegas era um modo perverso e muito original de desacreditar o adversário político. A flagelação quase pública de um senhor idoso e avô de muitos netos como Eboua reforçava no imaginário coletivo a ideia que Paul Biya (bem mais jovem) era o único "pai da nação", o chefe incontestado, o único depositário da autoridade e da verdade que ninguém podia desafiar sem pagar um preço, até nas partes mais íntimas de sua anatomia.

Esse ato de tortura expunha ao grande público a nudez dos homens dispostos a pleitear o poder supremo. Retirava-lhes *ipso facto* toda a respeitabilidade – o postulado nesse caso é que os camaroneses não iam querer como líderes políticos indivíduos cujos traseiros, pouco *sexy* aliás, tinham aparecido nas manchetes dos jornais. A imprensa privada, embora muito favorável à oposição, tinha acrescentado um insulto à humilhação: certos jornais publicaram em primeira página fotos enormes dos traseiros, nus ou com curativos, de algumas das vítimas da "soberana surra nacional" com manchetes indignadas... A tortura, portanto, era uma dupla violação: violação física da intimidade do corpo, já que as nádegas contêm muitas terminações nervosas e representam uma zona de estimulação sexual; violação política e atentado à respeitabilidade, porque a surra transformava essas vítimas em exibicionistas culpáveis de indecência – simbolicamente equivalente à exposição pública dos órgãos genitais –, um sinal de fraqueza política e de grave falta de compostura. Em um país onde a aptidão para o exercício do poder político se manifesta muitas vezes no registro da energia sexual, a mensagem subliminar do chefe de Estado aos adversários era clara: quem atravessasse seu caminho seria violentado publicamente e se tornaria um homem politicamente castrado.

Todos entenderam muito bem que o país havia entrado em uma fase de sexualização brutal e cínica do poder. Poucos dias depois dessa "soberana surra nacional", os líderes da oposição desistiram de convocar a tão desejada greve geral e abandonaram a reivindicação de uma conferência nacional soberana... De repente, pareceu melhor responder às injunções do poder e negociar uns bicos ministeriais do que arriscar uma surra nas partes íntimas, com fotos estampadas na primeira página dos jornais.

Estetização do trágico

Sem dúvida, o tratamento dado aos líderes políticos camaroneses foi humilhante e cruel. Mas eu tinha de reconhecer que, na escala de horrores cometidos por certos dirigentes africanos, havia coisas piores. Na Libéria, por exemplo, o vencedor de uma guerra civil erigiu a lenta mutilação de adversários políticos em uma arte do sadismo raramente igualada. Foi em setembro de 1990. Os rebeldes comandados por Prince Johnson haviam derrubado o regime militar de seu ex-amigo, o ditador-presidente Samuel Doe. Quando este tentou fugir do país, foi capturado no porto de Monróvia, a capital. O vencedor mandou filmar a interminável sessão da morte de Doe e distribuiu videocassetes que ainda hoje são vendidas nas locadoras da capital do país.

No filme, vê-se Prince Johnson praticamente em transe, sentado na primeira fila, apreciando o espetáculo sem questionar sua ética e estética, gozando do poder de dispor do corpo do prisioneiro. Johnson transpira, bebe de vez em quando uma cerveja, arrota e manda uma mulher abaná-lo como um campeão de boxe entre dois *rounds*. Vê-se também um carrasco de visual característico – sua feiura lembra uma caricatura. Levando seu papel a sério, parece concentrado como um astronauta que se prepara para uma viagem espacial. Para mostrar que é um profissional sério, verifica meticulosamente a qualidade do material – chicotes, punhais, revólveres e vários outros utensílios.

Prince Johnson berra ordens a Samuel Doe e pergunta o número de sua conta bancária. Constatando depois de instantes que sua vítima não se encontra em estado de fornecer tal informação, ele se irrita e manda que os soldados cortem as orelhas do ex-chefe do Estado. Este uiva de dor, cai na poça do próprio sangue e agoniza lentamente. A câmera roda tranquilamente, oferecendo imagens em preto e branco cuja qualidade medíocre torna a cena ainda mais irreal. É difícil não pensar em Platão quando se observa a prova do ato desumano que transparece no vídeo, pois a violência sustentada aí por uma tríplice transgressão é bem evidente: violação da integridade física do adversário e de todo o pacto social de não violência; excitação sexual perversa do assassino, que visivelmente goza do espetáculo mais do que qualquer outra pessoa e é abanado por uma mulher que deve ser uma de suas numerosas companheiras – o sadismo lhe oferece a ocasião de dominar os outros e provar sua superioridade; e profanação de tudo o que poderia ser considerado sagrado, mesmo em tal ambiente.

Depois desses acontecimentos, a Libéria passou por um longo período de crises políticas antes de eleger uma mulher como presidente da República, pela primeira vez na África. Após treze anos de exílio na Nigéria, Prince Johnson voltou tranquilamente ao país, onde foi democraticamente eleito senador. Interrogado sobre eventuais remorsos que teria pelo assassinato de um adversário político, disse ter a consciência intacta: "Não, Deus se revelou para mim quando eu tinha 17 anos. Apliquei em Doe a lei de Moisés: olho por olho, dente por dente... E depois, você tem provas de que eu o matei? Ele aparece morto no fim do vídeo?". Sua serenidade é apoiada pelo desapego filosófico de seus compatriotas. O jornal francês *Libération* transcreveu a declaração de um militante dos direitos humanos na Libéria:

> Prince Johnson é filho deste país. Nimba [seu condado de origem, a alguns quilômetros da fronteira da Guiné] foi perseguido durante o regime de Samuel Doe. Prince Johnson o libertou, foi isso. Só os intelectuais, como você e eu, é que fazem tais perguntas. Veja Charles Taylor [outro ex-presidente da Libéria, julgado por crimes de guerra e contra a humanidade]: ele matou mais gente do que qualquer outro e continua sendo o mais popular.

Um esteta da arte da política, em resumo.

Na vizinha Serra Leoa, o recurso aos castigos físicos chegou a um nível de sadismo político comparável. Foday Sankoh, um pai de família que também era dirigente da Frente Revolucionária Unida, tinha como ponto de honra deixar a marca de seu poder no corpo de suas vítimas. Só assassiná-las seria muito banal e sem graça. Seus soldados sorteavam civis (homens, mulheres, crianças de qualquer idade) que encontravam pelo caminho e lhes cortavam os membros a machadadas. Aí também, nada de novo sob o sol: Heródoto, o historiador grego, conta que, muitos séculos antes da era cristã, os soldados de Cítio escalpelavam os adversários e usavam o couro cabeludo como toalha. Mas Foday Sankoh queria fazer mais do que os gregos. Para ele, a guerra era antes de tudo uma batalha de símbolos e rituais, e esquartejar as vítimas era uma forma elevada de refinamento estético. Ufanava-se mais dos 4 mil manetas que espalhara pelo país do que das 150 mil mortes causadas por seu movimento rebelde.

Outra forma ainda mais maquiavélica de estetização da violência política é o recurso ao estupro. As organizações de defesa dos direitos humanos destacam com razão o caráter indelével dessa violência – sobretudo quando as vítimas são crianças. Hoje, o uso de sevícias sexuais faz parte da panóplia de recursos psicológicos utilizados em todos os conflitos na África. A violação supõe que o inimigo sofre – além de uma derrota psicológica insuperável – a "mácula", o "aviltamento" e a humilhação suprema da categoria de população mais preciosa, porque está destinada a reproduzir a espécie. O estupro de mulheres bósnias, croatas e sérvias durante a guerra civil de 1992--1995 popularizou essa maneira de "enfeitar" a tragédia da guerra. O corpo precioso da mulher, considerado um santuário ético e uma referência estética por excelência nas sociedades africanas, torna-se assim um meio para saciar fantasias sexuais de soldados bêbados, forma de expressão do poder absoluto e de dominação dos vencedores. Estes se comprazem morbidamente em depreciar a intimidade das mulheres dos adversários. Julgam ganhar definitivamente a guerra psicológica ao desonrar o que o inimigo preza acima de tudo. Foi o caso em Ruanda, durante o genocídio de 1994. É ainda o caso na República Democrática do Congo, onde diversas facções armadas lutam desde 1997 pelo controle dos recursos minerais do país. Concepção perversa da estética por meio da qual eles projetam sua visão subjetiva do sensível e do belo: para eles, a guerra é ganha não só nos combates entre homens no campo de batalha, mas também na marca da dominação sexual e da satisfação de desejos primários.

A força dos fracos: uma ética do mal

Voltemos a Prince Johnson, o decepador de orelhas da Libéria. A explicação que dá para seus atos de crueldade não chega a grande sofisticação. Podemos imaginar seu sorriso maroto ao afirmar que está apenas aplicando a vontade de Deus, que teria se revelado a ele quando tinha 17 anos. Mas ele não se compara a Bernadette Soubirous, a virgem de Lourdes a quem a Mãe de Deus se revelou na adolescência. Oferece essa explicação mística de seu comportamento porque sabe que fica bem situar tal ação em um plano cósmico. Não deseja, porém, ser considerado um iluminado. Pois, assim que apresenta o argumento da revelação, encontra outro, a seus olhos mais prático e mais decisivo: "E depois, você tem provas de que eu o matei [Samuel Doe]?", pergunta com ar ingênuo. "Ele aparece morto no fim do vídeo?" Ou seja, existem provas de que ele é mesmo um assassino? Afinal, como podem imputar-lhe diretamente esse crime se o vídeo, a principal prova, mostra, além dele, outros soldados cometendo atos terríveis? Ele, Prince Johnson, era apenas o mandante da violência; a responsabilidade última do assassinato caberia aos que empunhavam a arma fatal.

Sofisma barato? Pouco importa. Seus argumentos fazem parte da lógica niilista da violência muitas vezes expressa pelos que entendem as noções de culpa e de inocência como arbitrárias, ou como duas faces da mesma moeda. Como a existência é, para eles, uma corrida desenfreada para o nada, parece-lhes bobagem procurar saber de quem é a responsabilidade nas lutas darwinianas impostas pela sobrevivência.

Aliás, Foday Sankoh, o decepador de braços de Serra Leoa, declarou exatamente isso ao ser preso. Surpreso de estar sendo acusado, lembrava modestamente que o manifesto original de seu movimento rebelde se intitulava *Caminho para a democracia*, e que o *slogan* era: *Chega de escravos e senhores. Poder e riqueza ao povo*. Afinal, seus soldados e ele não tinham escolha: se não aterrorizassem as populações e não neutralizassem os adversários políticos, seriam torturados e mortos.

Johnson e Sankoh nem mesmo se definem como heróis, pois no contexto em que estão todo ato de coragem é pueril. A miséria e o arbítrio que marcam a vida cotidiana mostram que a existência é uma forma de agitação sem finalidade, e os que não querem se suicidar devem se sujeitar – por sua conta e risco. Que ninguém se engane: toda ação se enuncia no vazio e na irrealidade. O ser humano é essencialmente um corpo destinado à ruína. O fato de dispor dele à vontade para satisfazer temporariamente algumas fantasias de poder não muda nada na equação fundamental do cotidiano. E não serão algumas crises de indignação, de resto ocasionais, de militantes autoproclamados dos direitos humanos no Ocidente que vão mudar esse estado de coisas.

Segundo esses dois monstros, o uso excessivo da força física para estabelecer uma relação de brutalidade e de desumanidade com o outro é próprio do homem; a vida na terra é fatalmente um combate contra si e contra os outros, e o uso da força é a arma obrigatória de que os fracos necessitam para existir. O recurso a sevícias corporais e assassinatos são mecanismos protetores exigidos pelo funcionamento da sociedade. A violência se impõe como meio de reequilibrar as forças conflitantes e até como maneira de dar uma dimensão ética ao mal que constitui a trama e o fundo sonoro da existência.

Essa leitura trágica da História por dois chefes de guerra analfabetos da savana oeste-africana integra duas visões da violência: a de Platão, que via em toda pessoa violenta um ser tirânico que gozava sádica e cruelmente a dominação sobre os outros para provar a própria superioridade; e a de Sigmund Freud, que considerava a violência uma fraqueza da natureza humana decorrente de um sintoma neurótico. O fato de reduzir a violência a um comportamento natural equivale, sem dúvida, a excluir qualquer responsabilidade humana em relação a ela e, portanto, a justificar de antemão todos os atos dos que a praticam. E esse é exatamente o raciocínio de muitos chefes de guerra africanos. Para eles, a proposta de René Girard de que o homem se humaniza não porque cede a suas pulsões, usando da violência, mas, ao contrário, porque recusa a violência e inventa outros mecanismos de interação social, é tão ingênua que dá vontade de rir.

O dilema moral de Mandela

Como se emancipar da violência em um mundo onde ela serve de viático para gente que não acredita em nada e não espera nada da vida? Como se libertar da ditadura do mal quando todo mundo a aceita? E, afinal, por que preferir objetivamente afastar-se dela quando o imaginário coletivo parece considerá-la banal, uma constante da vida cotidiana? Em suas memórias, Nelson Mandela reconhece implicitamente que não pensava nessas questões quando decidiu convencer seus amigos militantes do Congresso Nacional Africano (CNA, movimento nacionalista) a criar um braço armado no movimento.Vivendo na clandestinidade sob o regime do *apartheid*, o líder sul-africano observou a assimetria sangrenta que regia a relação de força entre os métodos não violentos de sua organização e a brutalidade solenemente proclamada de um governo que incluiu o racismo na Constituição do país. Ele assistiu com repugnância ao massacre de crianças, mulheres e trabalhadores negros que ousavam reclamar pacificamente um mínimo de humanidade. Diante do número exponencial de vítimas da violência do Estado e dos efeitos devastadores que o *apartheid* causava na alma de seus compatriotas, Mandela concluiu que a filosofia não violenta afirmada pelo CNA desde a sua criação, em 1912, era de uma ingenuidade culpável. A arrogância com que as autoridades sul-africanas tratavam as reivindicações mais razoáveis convenceu-o de uma coisa: diante do poder psicopata, é preciso rever a ética dos métodos de luta.

"*Sebatana ha se bokwe ka diatla!*" [não se pode enfrentar apenas com as mãos o ataque das feras!], dizia ele em língua *xhosa* nas reuniões clandestinas dos dirigentes de sua organização, a fim de mostrar a ineficácia do combate não violento em tais circunstâncias. E explicava que a violência já era um fato, e o melhor seria canalizá-la para os objetivos nobres do CNA, em vez de prosseguir na atitude semipassiva cujo resultado era a morte cotidiana de muitos inocentes. A isso, alguns colegas redarguiam: "A não violência não nos traiu. Nós é que a traímos". Mandela acabou convencendo seus amigos a abandonar o princípio sacrossanto que norteara sua estratégia política durante meio século. Foi até encarregado de criar e dirigir o braço armado da organização. "Eu, que nunca fui soldado, que nunca estive em uma batalha, nunca usei uma arma de fogo contra nenhum inimigo, tinha a tarefa de criar um exército", escreve ele. "Enorme desafio para um general experiente, quanto mais para um novato em questões militares."[1] Sem hesitar, ele se empenhou em criar um grupo armado batizado de *Umkhonto we sizwe* [a lança da nação], formar especialistas na manipulação de dinamite e escolher alvos militares. Quem diria que o homem que hoje encarna a paz e a tolerância, a consciência da humanidade sofredora, o advogado da reconciliação com todos os inimigos, o esteta da política, foi também o teórico de uma ética da violência?

Mandela não escolheu esse caminho sem hesitações. Afinal, ele seguia os passos de Mahatma Gandhi, cuja filosofia não violenta havia surgido após os traumas vividos durante sua estada na África do Sul. A decisão de optar por ações violentas não era apenas a confissão do fracasso, da incapacidade de convencer e transformar o outro, da impossibilidade de atingir o que Martin Luther King chamava de dupla vitória – vencer seus próprios demônios e os do adversário. Era também um grave revés para a sua consciência, um verdadeiro mal-estar moral. Porque precisava encarar duas contradições: ou continuar a recusar a violência em nome da teoria pacifista de não resistência ao mal e não permitir nenhuma mancha em sua exigência ética; ou recorrer à violência para tentar pôr fim à violência, para não deixar seu povo morrer. Por fim, chegou à conclusão de que a segunda contradição era melhor que a primeira, e que o jeito era recorrer a explosões de dinamite para vencer o *apartheid*. Assim como o fato de empunhar armas contra os nazistas foi "um dever sagrado, absoluto, irrecusável".

Depois da famosa "soberana surra nacional" camaronesa, algumas vozes se manifestaram para denunciar a "ingenuidade

---

[1] N. Mandela, *Long Walk to Freedom* (Londres, Abacus, 1994), p. 325. [Ed. bras.: *Longo caminho para a liberdade*, São Paulo, Siciliano, 1995.]

hipócrita" dos que se escondiam por trás de uma falsa exigência ética e propunham manter formas de resistência não violenta. Cabia rejeitar a aceitação passiva da brutalidade de um Estado enlouquecido. Certa noite vi um grafite em um bairro popular de New Bell (Duala): "Andze Tsoungui [ministro do Interior] vai morrer amanhã às 6 horas". Justificativa: era preciso recorrer a uma violência limitada para pôr fim à grande violência. A morte de um tirano parecia para eles um ato eminentemente ético, uma fonte de mais-valia para a sociedade. Essa escolha filosófica era apoiada pela ideia de que, até as formas não violentas de resistência – de resto, ineficazes – dissimulavam uma violência intrínseca que desvalorizava sua autoridade moral. Vladimir Jankélévitch teria sem dúvida aprovado esse procedimento, ele que justificava o dilema moral causado pelo recurso à violência:

> É perda de tempo dizer que contradizemos nossos princípios; não os contradizemos, fazemos o que podemos fazer de melhor em um mundo onde a utopia de Tolstoi, que é a de convencer o inimigo pela força do amor e do perdão, é um balido de ovelhas ridículas[2].

Encontramos o mesmo tipo de moralização da violência nos promotores de guerrilhas armadas cuja ação sanguinolenta marca a história do continente africano. Os soldados rebeldes que partiram de Ruanda e de Uganda e derrubaram o regime do ditador zairense Mobutu Sese Seko para restaurar a República Democrática do Congo entendiam sua ação nesse mesmo registro: a violência armada aparecia como o meio de poupar vidas humanas. Os líderes da Frente Patriótica Armada que havia derrubado o regime fascistoide

---

[2] V. Jankélévitch, *Penser la mort?* (Paris, Liana Levi, 1994), p. 125-6.

responsável pelo genocídio dos tútsis em 1994 explicavam também que sua violência era necessária, indispensável e ética. Ora, os que haviam praticado esse genocídio eram, por sua vez, reféns de um ódio mais antigo, que eles justificavam pelo sofrimento do povo hútus durante o período de semiescravidão que lhe fora imposto por um poder feudal dominado pelos tútsis e sustentado pelos colonizadores belgas... Estamos assim em pleno *dever de violência* (para retomar o título do romance do malinês Yambo Ouologuem), isto é, no determinismo psicológico.

Nesse tipo de raciocínio, é conveniente evitar a confusão moral entre a ação dos culpados e a das vítimas, equivalência que acaba dissolvendo as responsabilidades e banalizando o mal. Mas surpreende ver que, sucessivamente, uns atribuem aos outros a responsabilidade da situação, acusam-se de ações diabólicas e insistem em dar uma dimensão ética à violência e ao mal. Cada campo explica seus atos menos gloriosos por antecedentes, déficits de justiça enterrados na história política do país, dívidas e créditos morais detidos por uns em relação aos outros. Estudando as fontes de informação sobre o genocídio em Ruanda, o filósofo Fabien Eboussi Boulaga fica admirado com a "heterogeneidade, o valor duvidoso de certas fontes, excessivamente apologéticas, confundidas pelo remorso, pela má consciência, pela autojustificação, enfim, pela predominância da palavra estatal e conformista dos vencedores e de seus aliados". Nota, entretanto, que, apesar de tudo, existe um núcleo factual, uma verdade de cada situação que, mesmo que seja "influenciada e trabalhada pelo silêncio impenitente ou equívoco dos protagonistas dos dois campos, sempre resistirá às reduções e às negações ou às inversões perversas da má-fé". Contanto que se possa aceder a isso, e aproximar-se com a necessária distância crítica e serenidade para identificá-lo e dele fazer o melhor uso possível.

A experiência histórica africana mostra que os modos de justificação da violência baseados na legitimidade histórica do rancor ou até mesmo o desejo de fazer justiça esbarram muitas vezes na triste verdade de sua lógica: logo perdem o brilho moral e se diluem no mal que pretendiam reparar. Os rebeldes armados que entraram triunfantes nas ruas de Kinshasa para apagar os vestígios do regime despótico de Mobutu Sese Seko logo se transformaram em antropófagos do poder, tornando-se por sua vez alvo de uma contrarrebelião moralmente tão ambiciosa quanto medíocre. Assim como os militantes exaltados dos Panteras Negras que haviam permutado a nobreza ingênua e a generosidade de seus ideais de emancipação afro-americanos pela instauração de um socialismo revolucionário armado acabaram por oferecer a J. Edgard Hoover, o maquiavélico chefe do Federal Bureau of Investigation (FBI, polícia federal norte-americana), um apoio político-moral para legitimar sua política de assassinatos de militantes considerados incorruptíveis. Simone Weil tinha razão: "A força não é uma máquina de criar automaticamente a justiça. É um mecanismo cego do qual saem ao acaso, indiferentemente, os efeitos justos e injustos".

Niilismo e violência privada

Há alguns dias, em Washington, a jovem cantora afro-americana Wayna apresentou uma música em um concerto lembrando que mora no condado de Prince George (Maryland), lugar dos Estados Unidos que as estatísticas oficiais indicam como a comunidade negra de mais alto poder aquisitivo e onde ocorre anualmente o maior número de incidentes de violência doméstica. Essa contradição lhe inspirou uma canção na qual imagina todas essas lindas mulheres negras que moram nos belos palacetes do condado e andam em carros de luxo e que, à noite, se fecham em lares de muros imaculados para receber um castigo físico dos maridos.

É curioso, de fato. Embora seja preciso conferir as inferências estatísticas dessa reflexão que lhe inspirou uma canção melancólica. Pois diversos grupos étnicos e categorias sociais – inclusive uma grande camada de cidadãos afro-americanos bem pobres – moram no condado de Prince George. Para não ficar apenas no comentário impressionista de Wayna, seria preciso fazer uma microenquete e identificar as camadas sociais e os locais exatos de onde provêm os pedidos de ajuda das mulheres agredidas. Por outro lado, é possível que as taxas de violência doméstica em outros bairros, cidades e condados norte-americanos sejam bem mais elevadas que as de Prince George, mas, por diversas razões, as vítimas não deem parte na polícia. É difícil imaginar que as tristemente célebres periferias pobres das grandes cidades norte-americanas (Washington, Chicago, Los Angeles e o Bronx, em Nova Iorque), que foram invadidas pelo banditismo e outras atividades ilegais, tenham menos violência doméstica que um condado de Maryland.

Não importa. Suponhamos que as estatísticas de Wayna sejam fidedignas: isso significaria que não há correlação entre o poder aquisitivo dos cidadãos afro-americanos e seu comportamento conjugal. Seria então necessário indagar qual é a origem dessa violência "privada" que rege as relações entre membros de uma mesma família nas comunidades negras.

Convém notar primeiro que o fenômeno não tem nada de especificamente africano: as mulheres vivem em perigo tanto na cidade do México como em Turim, em Cabul ou em Jacarta. O direito de família, que em certas sociedades oferece um quadro jurídico às diversas formas de violência privada contra as mulheres, crianças ou pessoas pertencentes a castas julgadas inferiores, faz parte dessa lógica. Em todas as sociedades, o contrato social sempre foi fundado na coerção. Supõe, portanto, a aceitação de uma violência mínima – como a violência pública que, com ou sem o consentimento do indivíduo, se exerce em nome de todos. As regras de coexistência social e as normas não escritas, mas validadas pela memória coletiva, são então invocadas para justificá-la.

Os mecanismos que provocam a violência privada no mundo negro têm em geral a particularidade de refletir e ampliar a perspectiva sócio-histórica na qual se situam as relações entre os grupos sociais. A vida cotidiana é quase sempre dominada pela memória da opressão. Percebe-se que a recusa de humanidade imposta ao homem negro durante séculos de escravidão e de colonização pesou mais do que se imaginava. A internalização do ódio de si traduz-se ainda por déficits de autoestima, pela autoflagelação e pela dúvida permanente sobre si e sobre a humanidade de seus semelhantes – principalmente das mulheres. Através das gerações e a despeito da educação, a memória dessa dor continua a infectar a alma de milhões de homens no continente africano. Sua principal manifestação é a perversão das relações de poder dentro da família, entre os sexos e entre as gerações, e o desejo constante de perpetuar a humilhação e a opressão da qual ainda se sentem vítimas[3].

O filósofo Cornel West explica a elevada taxa de violência na comunidade afro-americana e sobretudo entre os casais pela persistência da ideia de uma viciosa "supremacia branca", aceita e perpetuada hoje pelas vítimas de ontem. Ele destaca a "negrificação"

---

[3] Esse fenômeno de latência é comparável ao mistério que os economistas devem enfrentar quando estudam, por exemplo, as causas do desemprego. Eles observam que, muitas vezes, um problema persiste muito tempo depois do desaparecimento dos fatores que o provocaram. Essa memória negativa é chamada *histerese*.

(*niggerisation*) dos povos negros por eles mesmos, o que os leva a se desprezarem, a se autodenegrirem e a imporem violências uns contra os outros. Prova disso é o uso no discurso público da palavra "negro", que provoca acalorado debate entre os líderes afro-americanos. A poetisa Maya Angelou e o comediante Bill Cosby veem nisso o sintoma de uma falta de respeito consigo e um veneno que se insinua nas mentes e facilita a violência entre os negros. West acha que não vale a pena dar muita importância às palavras. Primeiro, porque o uso de *"Nigga"* (forma mais íntima que *"Nigger"*) pelos afro-americanos para se interpelarem é, na realidade, um modo de identificação e de confraternização, uma forma afetuosa de conivência e até uma expressão de amor. Depois, porque é preciso ir além do simples simbolismo. Os atos lhe parecem mais essenciais que a linguagem utilizada. "Conheço afro-americanos que nunca pronunciam a palavra *Nigger*, mas têm baixa autoestima." A prova? Martin Luther King ou Malcom X poderiam ter empregado essa palavra tabu quantas vezes quisessem que ninguém ficaria chocado nem duvidaria do engajamento deles contra a opressão dos homens e das mulheres da comunidade negra.

A violência privada não se explica unicamente por fatores históricos. É decorrente também das circunstâncias: não é fácil respeitar os preceitos morais em tempos de miséria. A pobreza material logo se transforma em rancor coletivo. Diante do cepticismo, os grandes códigos de ética perdem seu poder de sedução. Os que mais sofrem com isso caem em uma espécie de embriaguez que a seus olhos legitima o recurso à violência.

Voltamos à pergunta de Wayna, que é pertinente: por que a emancipação da pobreza material não liberta o homem de seus instintos belicosos? Talvez porque os que são socialmente bem-sucedidos continuam a se sentir tão ameaçados pelo fracasso quanto os que continuam no nível mais baixo da hierarquia social. Não acreditam na solidez dos motivos de seu sucesso, que lhes parecem precários. O sucesso parece uma prova e um sofrimento, sempre ameaçados pela recaída na antiga situação. Obcecados pelo medo e pela dúvida, comportam-se como os que continuam a lutar contra a indigência. A violência que praticam é a expressão dessa confusão, quer atinja seus semelhantes na comunidade ou seus cônjuges. É uma maneira de proclamar autoridade e conjurar a falta de riqueza. Qual droga suave que os põe em um estado de não consciência e de irrealidade, ela lhes permite suportar os dias que passam. Forma sutil de niilismo, é uma fuga diante dessa visão da própria decadência. Aí também ela desejaria ser uma ética do mal.

Conclusão
O niilismo para domesticar a morte

"Quem sou eu? Nem a hora da minha morte eu sei."
Jorge Luis Borges

"Esteja em ordem um dia antes de sua morte. Hoje mesmo."
Provérbio hebreu

A notícia da morte de meu pai me arrasou e, embora já passado tanto tempo, ainda me custa muito. Não só pelas circunstâncias trágicas em que se deu essa separação, mas também pelas dolorosas lições de vida que tal acontecimento me impôs durante dias, meses e anos. O tempo passou, mas a ferida continua intacta, viva, silenciosa.

Era um dia de céu azul, triste, como só se vê em Duala. Dia típico de setembro, com pouca luz, céu ameaçador, umidade sufocante e sol fúnebre. Um telefonema esquisito de meu primo Léo me pôs nervoso e transportou para um universo mental que eu desconhecia. O tom animado e brincalhão com que sempre me falava fora substituído por um seco: "Papá Robert sofreu um acidente de carro. Foi levado para o hospital". Léo, que tinha uma fala muito clara, parecia gaguejar, sem conseguir dar mais informações sobre o que acontecera, nem sobre o lugar onde estava meu pai. Pediu que eu aguardasse no escritório, que ele ia se informar melhor.

Veio me buscar e deu uma longa volta de carro, mal respondendo a minhas perguntas sobre o local do acidente, a gravidade do caso e o nome do hospital onde estava meu pai. Levou-me até a casa de Papá Emma, o irmão mais velho de meu pai, que era também seu melhor amigo. Sem saber que Léo ainda não tinha contado a notícia mais triste, ele me recebeu com a franqueza habitual:

> – Papá Robert nos deixou. Desse jeito. Em um desastre de carro.
> – Pensei que ele tinha sofrido um acidente...
> – Léo não disse que ele morreu na hora? Estou muito triste. Você já é um homem. Deve tomar conta da família. Vamos tratar do enterro.

Não me lembro bem dos momentos seguintes a esse encontro, nem dos lugares onde estive. Minha mente ficou entorpecida em sensações diversas, do espanto à raiva mais violenta. Meu pai tinha só 60 anos e planos para os próximos sessenta. Além de nossa grande amizade, tínhamos criado um espaço de cumplicidade que era o meu bem mais precioso. Exatamente no momento em que eu iniciava minha carreira, para cuja formação ele sacrificara todas as suas economias e me dedicara tanto amor, no instante em que eu esperava provar que seu esforço não tinha sido inútil, o destino nos separava de forma brutal.

Lembro-me de ter pensado também na morte dolorosa de minha mãe, muitos anos antes, na flor da idade; quando nasci, ela tinha apenas 16 anos. Naquele momento, a injustiça acertara em cheio, ferindo meu coração de adolescente e me atirando sem preparo no mundo irascível das frustrações e das responsabilidades. Ouvindo com dificuldade as recomendações de Papá Emma, tentei dominar minha raiva contra a existência e mantive o rosto enxuto e firme que meu pai teria esperado de mim em tais circunstâncias. Lá onde estivesse, deveria estar me olhando com seu sorriso inquieto, querendo saber se eu passaria no teste da decência – o teste que para ele era a medida de um homem.

Geodinâmica das emoções

A adrenalina do choque e da imperiosa necessidade de me mostrar à altura da tragédia ajudou-me a sair quase ileso das formalidades burocráticas e familiares ligadas à gestão de sua morte: o suplício das visitas ao necrotério central de Iaundê, que parecia ter sido construído de propósito como antecâmara do inferno; o tormento dos trâmites administrativos nos escritórios kafkianos do Ministério das Finanças onde meu pai trabalhava; e o calvário das reuniões de família em que todos manifestavam ruidosamente sua incandescente compaixão, e cada obscuro primo e tia mais afastada impunham suas opiniões sobre as decisões a tomar, em um tom de voz que abafava todo o resto.

Havia também o estoicismo de meu amigo e anjo da guarda Richard, que me lembrava constantemente as primeiras palavras do *Manual* de Epicteto:"Há as coisas que não dependem de nós; há as coisas que dependem de nós". O que não dependia de mim eram a morte trágica e o comportamento dos outros. De mim, dependia a representação que eu fazia disso, meu juízo e minhas ações.

Mas não éramos muitos a tentar manter um mínimo de compostura e decência diante das circunstâncias. Em geral, a comunicação da morte provocava gritos histéricos, uivos lúgubres e até crises de apoplexia. Em certas reações, a angústia da morte era bem mais profunda que o sentimento de injustiça pela ausência de meu pai. Eu podia dizer com certeza que Mami Marie, minha tia preferida e irmã mais próxima de meu pai, sentia como eu a tristeza aguda da separação, a violência brutal e invisível do grito que não se profere, aquele que fere o coração, queima a garganta e apaga a palavra. Em compensação, eu percebia nas lágrimas de crocodilo de um tio ou de um primo coisa bem diferente: ou emoções fabricadas que faziam parte da geodinâmica geral da circunstância (ficava bem demonstrar uma tristeza exaltada); ou decepção legítima, pois o homem generoso, que era procurado constantemente para resolver problemas financeiros ou domésticos, já não estava lá; ou a angústia de algo inominável e incompreensível, o medo da morte como experiência metafísica indecifrável, para a qual não dispomos de nenhuma referência empírica nem de um sistema confiável de representação.

A retirada do corpo foi o momento mais difícil, um momento cujas imagens desde então tento subconscientemente apagar da memória. Tive de enfrentar o rosto desfigurado do meu pai no necrotério do hospital de Iaundê para acreditar naquilo tudo. O horizonte fechou-se brutalmente em torno de mim, no espaço estreito daquela sala escura e empoeirada onde meu pai estava estendido em um leito de ferro enferrujado. Fiquei estático, certo de que a imagem daquela silhueta rígida e irreconhecível e aqueles cheiros sufocantes banhados pelas lágrimas e gemidos de minhas irmãs nunca se apagariam da minha vida. Um medo muito antigo, talvez da minha infância, me assaltou: seria o sentimento da desintegração de meu próprio corpo ou da dissolução de minha consciência, e a certeza de assistir, impotente, à minha asfixia?

Antes daquele instante, a triste notícia ainda não fora assimilada por mim. Como Jacques Madaule, acho que pensava: "Sei que vou morrer, mas não acredito nisso". Porque é praticamente impossível viver sem a ilusão primordial da recusa da morte. Para mim, era um desfecho artificial e místico, constantemente adiado. Coisa que dizia respeito a pessoas que eu não conhecia, ou a vizinhos e membros afastados da família. Na semipenumbra de um necrotério camaronês, ela aparecia de repente como realidade ameaçadora e intratável. Tornava-se uma experiência fatal que me tirava não só meu pai, mas também a dose de esperança metafísica necessária para eu continuar a viver.

Foi nesse momento que percebi que estava acontecendo algo muito sério. Todas as conversas que eu pretendia ter com meu pai e sempre havia adiado me vieram à mente, aumentando um antigo sentimento de culpa. Uma porção de lembranças e projetos chegou-me à superfície da memória já como sonhos impossíveis. Senti então "a incrível indiscrição da morte" de que fala Cioran quando conta o enterro de um amigo:

> Tempo atroz, cena de uma feiura que torna a morte e a vida ainda mais insignificantes e risíveis. O metrô que passa ao lado, a ponte horrível lá na frente, as chaminés das fábricas, e os caixões enfileirados no corredor, os empregados pregando as tampas às pressas... É a esse lugar que se deve ir para curar todos os tormentos que nascem do fato de levarmos as coisas muito a sério. Não há tristeza nem confusão que resista a tal espetáculo[1].

Não. Ao sair de lá, eu não estava refeito de minha tristeza existencial, muito pelo contrário. Pêsames e abraços vieram de todos os lados, inclusive de fantasmas que eu havia perdido de vista havia

---

[1] Cioran, *Cahiers: 1957-1972* (Paris, Gallimard, 1997), p. 560.

muito tempo. Um colega cujo mau gosto era bem conhecido saiu-me com o argumento que Plutarco usou para consolar sua mulher por ocasião da morte da filha: "Por que chorar? Você não ficava triste quando ela ainda não era nascida; agora que ela já não existe, você está no mesmo ponto". Além do fato de eu ter tido um pai durante toda a minha vida, a essência de tal mensagem que deveria ser de reconforto não levava em conta a força, a legitimidade da ligação e da familiaridade com a pessoa falecida – para não dizer o amor, o "palavrão" que Plutarco parecia ignorar.

A intenção de meus parentes era amenizar o sofrimento. Minha avó Mami Madé, rainha-mãe dos *banas*, dizia, por exemplo, que meu pai tinha apenas partido para um além imanente de onde, segundo os costumes, os antepassados nos falam constantemente. Logo, não passava de uma longa viagem a que todos teríamos direito um dia. Muito piedosa, uma de minhas irmãs lembrava que Deus só chamava para junto dele quem lhe podia servir de apoio para continuar a cuidar de nós neste mundo. A *ausência eterna* do pai, que temíamos, era de fato uma nova forma de presença. Graças à linguagem, a morte deixava de ser um perigoso precipício para o nada e aparecia como uma espécie de janela para a *outra* vida.

A morte faz parte integrante da vida na terra e temos de aceitá-la, repetiam os velhos sábios em torno de mim. Tais palavras não calavam minhas perguntas: então para que tantas crises de lágrimas? Por que as mulheres idosas se atiravam no chão e gritavam? Por que não agiam como costumavam fazer quando alguém saía para uma longa viagem? Era preciso compreender como são as coisas, explicou-me um tio: primeiro, chorar junto com os outros podia aliviar a dor da grande perda que eu estava sentindo; era também um ritual secular de prova de afeição, a simbólica do "até logo", uma maneira de marcar o aspecto traumático do desaparecimento de um homem. O choro era uma sinalização de finalidade.

A ideia de aceitar passivamente a morte porque era uma sequência da vida envolvia o problema da gestão da incerteza. Para cada um de nós, vida e morte são os componentes certos de um círculo fechado em que a incerteza a respeito da data permite a esperança; esta nos oferece a margem de manobra de que precisamos para agir, manifestar nossas aspirações e impulsos niilistas, preparar e aperfeiçoar a herança ou imagem que deixamos para a posteridade. "A ideia de nossa morte só é aceitável porque contém também a incerteza absoluta quanto a sua data exata". A vida contém, portanto, o perfume da morte, mas de modo a deixar que cada cidadão trace seu caminho, dê um sentido – mesmo provisório – a seu percurso terrestre. Os que pensam sempre na morte talvez consigam afinar suas prioridades de existência, mas isso não os ajuda a morrer. Logo, mais vale não se preocupar demais com isso.

No entanto, quanto mais tentavam me consolar mais eu sentia meu pai como parte de mim, da minha pessoa. Sua partida brusca me dava a impressão de que seu corpo era um prolongamento de mim. As pesadas responsabilidades familiares e sociais que ele assumia tornavam sua vida hercúlea mais legítima do que a minha. A morte daquele homem indispensável se tornava de repente para mim a experiência filosófica essencial: de certo modo, significava a minha, pois apagava a barreira biológica subconsciente entre mim e o nada. Tornava a morte dos outros menos impessoal.

Percebi que a noção de esperança de vida tinha um significado: além de certo patamar, não sobravam mais do que alguns anos para viver – fatalmente. Esse cálculo mental mostrava minha consciência de homem que refletia sobre o seu devir. É uma diferença entre nós e os animais: podemos viver uma vida da qual simultaneamente nos desligamos para observá-la de fora. Na base de minha tristeza, havia não apenas a dor do vazio deixado pelo desaparecimento de meu pai, mas também o choque entre duas realidades: a certeza de viver estando programado para deixar este mundo, e a possibilidade de adotar outra perspectiva para especular à vontade sobre o devir, sem limitação de tempo de vida. A morte já não era a meus olhos uma abstração social, mas um trauma na primeira pessoa – era o começo da minha própria morte. Tal momento irrevogável nunca mais me deixou.

Gramática social do fúnebre

Na organização do funeral houve tensões. Ninguém teve o mau gosto de sugerir que meu pai fosse enterrado em um cemitério. Primeiro, esses locais onde se guardam coletivamente os cadáveres quase não existem nos costumes do oeste do país. Depois, por sua linhagem e pelos títulos de notabilidade que lhe conferiram na aldeia, a última morada de meu pai devia ser escolhida em estreito entendimento com seu primo, o rei dos *banas*. Havia consenso quanto à necessidade de honrar a "tradição" e enterrá-lo dignamente atrás da casa da família, que ele mesmo construíra a alguma distância do palácio real.

Com minha avó Mami Madé e o rei, havíamos discutido os detalhes práticos do enterro e da cerimônia. Primeiro estudamos meticulosamente o calendário lunar tradicional e a semana de oito dias, cada um correspondendo ao dia de reunião das sociedades secretas e de celebração das usuais cerimônias particulares. As datas convenientes logo ficaram definidas. O rei me comunicou em seguida a lista das formalidades a cumprir e o que era preciso comprar: um frango branco para ser sacrificado durante o ritual; duas ou três cabras para oferecer a personalidades locais que tinham tido um papel importante na educação de meu pai; uísque para tal autoridade ou tal avó (até nas colinas do oeste camaronês, os licores escoceses são tão apreciados que já fazem parte das "tradições")...

Os membros da família davam a impressão de concordar com essas decisões, levando-me a crer que a prioridade comum era realizar as coisas com eficácia e dignidade. Na verdade, alguns não queriam discutir o lugar da sepultura ou a data do funeral, mas guardavam seus egoísmos e paixões para os detalhes da organização, dos rituais e das cerimônias fúnebres. Assim que voltei a Duala, minha casa foi invadida por outros membros da família – primos, tios, tias, vizinhos – e algumas personagens com motivações duvidosas que diziam ter mantido relações estreitas com meu pai. Isso os autorizava a gentilmente me dar ordens e ditar os detalhes da organização das cerimônias. Demonstrando incrível criatividade, indicaram-me com firmeza uma longa lista de formalidades a fim de oferecer a meu pai um enterro digno desse nome. A lista incluía, além das despesas habituais com a conservação do corpo no necrotério ou a compra de um caixão e de coroas dignas da posição social do falecido, a organização de uma campanha de informação nos jornais e rádios para comunicar ao grande público a iminência do evento.

Pediam também que eu bancasse grandes banquetes para centenas de convidados de honra vindos do país inteiro, pagasse suas despesas com hotel (já que não havia acomodações à altura na aldeia) e a confecção de roupas específicas para o funeral. O objetivo mal disfarçado era aproveitar o fato trágico que nos reunia para enaltecer o prestígio da família e recolocar todos os seus membros na arena social e política. Havia também uma admirável forma de niilismo nessa atitude: um funeral espetacular é uma maneira elegante de zombar da morte, de recusar a angústia, uma forma de "banalizar" a tragédia.

Único problema: toda essa boa gente contava evidentemente comigo, jovem diretor de banco, para financiar suas brilhantes e dispendiosas ideias. Meus interlocutores se deram mal: eu não estava disposto a me deixar impressionar por quem se prevalecia de uma cumplicidade póstuma com meu pai para financiar-lhes os sonhos de grandeza. Além disso, a grande conivência que eu sempre tivera com meu pai me indicava muito bem o que ele pensava a respeito dessas pessoas. Não perdi tempo com mesuras para dizer sem rodeios o que pensava e avisar que, como filho mais velho, eu organizaria o enterro ao meu modo – na maior discrição.

Assombro! Como podia eu me opor a decisões tomadas por pessoas mais velhas que eu? Teria perdido a cabeça? Com que direito falava, eu que ainda não tinha 30 anos, não me casara nem era pai de família?... A notícia de que eu estava com ideias estranhas espalhou-se como rastilho de pólvora. Uma tia, célebre jurista no país, mobilizou rapidamente um comitê familiar de crise para tentar me trazer à razão. "Você ficou muito tempo em Paris!", disseram. "Esqueceu tudo das nossas tradições! Não tem mais nada de bamileque! A escola do branco [entenda-se: a instrução] tirou o seu juízo!... Quer desrespeitar os costumes e as proibições. Está ocidentalizado demais e pode deixar os antepassados furiosos..." Nas palavras ameaçadoras que me dirigiam, o que voltava sempre era "tabu", "maldição", "sacrilégio", "traição" etc. Era a total mitologia. E eu respondia com calma: "Posso estar louco, mas gosto dessa loucura e não tenho vontade de ser como vocês". Eles arregalavam os olhos e soltavam imprecações olhando para o céu.

Meu amigo Richard serviu de intermediário entre minhas tias e mim para evitar um escândalo familiar que provavelmente viraria manchete de jornal. O engenheiro que se tornou empresário dirigiu-se ao economista que eu era, recomendando que eu acatasse os pedidos da família, por mais absurdos que fossem. Disse que eu devia considerá-los uma simbólica social da redistribuição de riquezas, pois os funerais eram a ocasião de mostrar generosidade e ajudar o consumo do maior número de pessoas da aldeia que, por seu estado de pobreza, não conseguiam ter uma refeição completa por dia. Recomendou também que eu aceitasse os pedidos de tios, tias e primos com base em uma simples análise de custo-benefício do problema: satisfazendo suas sugestões – inclusive as mais delirantes –, de certa forma eu comprava minha tranquilidade e garantia uma paz interior que não tinha preço.

Richard resumiu a filosofia básica da cosmogonia dos bamilekes em uma frase: "Para eles, a morte é a razão de viver". Como todos os corpos humanos tinham o mesmo destino, fossem quais fossem as classes sociais e os lugares onde estivessem enterrados, e todos os homens chegavam a este mundo de modo idêntico e voltavam para essa terra que recebia seus despojos, a morte esclarecia a escolha filosófica fundamental que se oferecia ao homem: viver no amor dos seus, sabendo que a temporalidade de tal existência é o que lhe dá sabor e sentido; viver em paz com os outros para poder partir de coração leve quando chega a morte; ou então viver sem ligação emocional com a comunidade, de maneira desligada das contingências sociais, e poder morrer como se viveu, sem suscitar a menor onda, já que se viveu em uma espécie de morte perpétua. Diante de tal alternativa, meus tios e tias tinham feito uma escolha niilista: conceber a vida como um parêntese iluminado, cujo fim devia ser celebrado como um fogo de artifício, como uma escrita da eternidade. Daí, o ativismo social que caracterizava os funerais grandiosos e a decisão tranquila de se endividar e, se necessário, de se empobrecer para colorir uma existência que não havia sido vulgar. Tal defesa me convenceu a aceitar as exigências familiares. Sem ilusões, no entanto.

Funeral lúdico

O enterro foi triste mas decente. Havia um padre católico e um pastor, além de figuras importantes das sociedades secretas que dirigem a aldeia e às quais meu pai se orgulhava de pertencer. As orações cristãs eram alternadas com canções pagãs. Não por vontade expressa de fazer ecumenismo, mas simplesmente porque ninguém pensou na necessidade de conciliar coisas diferentes. Essa coabitação filosófica dos contrários era tão natural que ninguém teria pensado em incongruência. Em uma espécie de niilismo não externado, a morte podia ser ao mesmo tempo pensada e vivida. Naquele instante exato, era apenas uma fase da existência.

Em suas preces e homilias, o padre e o pastor tinham consolado a família, esboçando uma interpretação linear do fato doloroso que acabávamos de viver. Apresentaram a morte de meu pai como uma nova fase de sua vida, um novo nascimento, um futuro lógico. Assim, o instante presente que vivíamos naquele dia era uma espécie de intervalo entre o passado e o futuro. Exortaram-nos a fazer dele o melhor uso para que cada um merecesse, por seu turno, a viagem para o paraíso. Quanto aos velhos ilustres que falaram em nome das sociedades secretas pagãs da aldeia, o conteúdo era exatamente o inverso: para eles, não havia hierarquia entre vida e morte, e nenhum processo linear ligava os dois acontecimentos. Os dois estados coexistiam em cada um de nós: porque a natureza humana é múltipla por essência, e não há dicotomia entre corpo e alma, todo homem é ao mesmo tempo morto e vivo. Como o funeral não buscava reabilitar a memória do falecido – não havia necessidade disso –, mas sim banalizar a ideia da morte, eles conseguiram eliminar o aspecto trágico externado por nossas lágrimas e tristeza. E invalidar a simetria simplista das religiões reveladas: a morte não deve ser vivida como um nascimento pelo avesso nem o futuro como o lado direito de uma nova vida. Nascimento, vida e morte eram apenas três vertentes de uma mesma realidade, visíveis simultaneamente.

Se o enterro foi um momento sério, as cerimônias horas depois tiveram o ar de celebração. Minha avó pediu que eu lhe levasse um pouco de óleo de palma, sal e comida, que ela usou para um sóbrio ritual de acompanhamento de meu pai até o mundo dos espíritos. As mulheres da aldeia carregavam grandes tachos de comida, bem como vinho de palma e outras bebidas locais. Todos os meus amigos de Duala e de Iaundê tinham vindo, também trazendo engradados de cerveja, caixas de vinho tinto e até champanhe. Centenas de pessoas vieram à nossa propriedade, oferecendo condolências, partilhando uma bebida e conversando sobre todo tipo de assunto.

Essa grande falação foi acompanhada o tempo todo por música tradicional tocada ao ar livre por instrumentistas delirantes. Marimbas, tambores e diversos instrumentos de sopro produziam ritmos frenéticos e criavam um ambiente quase extravagante, e que teria agradado ao hedonista estoico que era meu pai. Diante do aspecto sublime daquela música que parecia dirigir-se tanto a meus pensamentos íntimos quanto ao além, lembrei-me que Cioran dizia que o órgão confere à morte um *status* que ela não tem naturalmente. Aqui, era a morte que dava imponência à música.

Essas cerimônias quase lúdicas chegaram à apoteose no fim da noite, quando praticamente todos os moradores da aldeia encheram o grande pátio para proclamar o nome de meu pai, cantar em coro, dançar com todas as fibras do corpo e beber com o mesmo fervor com que se luta contra o inimigo. Em torno de mim, pessoas de todas as idades cantavam e dançavam febrilmente. Wambé Chuêwa, sucessor do avô e, como tal, patriarca da família, estava bem no centro da ação. Nada em seus trajes ou atitude denotava que era um autêntico matemático formado pela Sorbonne. Com uma grande túnica tecida de pérolas, usava um espetacular chapéu enfeitado com plumas de papagaio e martelava com vigor incansável um tambor que não se fazia de rogado para soltar seu som lúgubre. A seu lado, tios e primos que davam a impressão de também estar em outro mundo tocavam tambor e marimba.

Todos os membros da família foram convidados a dançar em roda no meio do pátio. Eu fiquei ao lado de minha tia, a célebre jurista, aquela que se escandalizara com a minha recusa inicial de financiar cerimônias que me pareciam um esbanjamento. Também ela dançava com furor, metralhando-me com olhares agudos para examinar meu grau de entusiasmo naquele exercício. Depois, chegou perto de mim e sussurrou em francês com sotaque parisiense: "Você, que estava resmungando, percebeu agora a importância que a aldeia dá a essa cerimônia?". Depois, apontando com o dedo o patriarca Wambé Chuêwa: "Olhe para ele. É doutor em matemática pela Sorbonne. E está tocando o tambor sagrado! E você pensa que sabe mais do que nós. Despreza nossas tradições e ainda nem defendeu uma tese de doutorado!". Olhei para o patriarca: minha tia tinha razão, porque ele estava feliz. Parecia longe dali, talvez na estratosfera. Dava a impressão de olhar para tudo sem ver nada, martelando o tambor sagrado como um iluminado. Fiquei pensando o que diriam de tal cena os colegas com quem ele estudara as estruturas topológicas ou a geometria diferencial.

Nesse exercício coletivo de exorcismo da morte como fatalidade triste, os mais velhos eram os mais ágeis e entusiasmados. De olhos semicerrados, batiam palmas ritmadas e berravam com a voz rouca, quase rachada. Corpos que eu julgava esgotados não davam nenhum sinal de cansaço. Aquela explosão inesperada de algo parecido com alegria era mais uma forma de niilismo. Enquanto em outros lugares a velhice é vista, segundo Vladimir Jankélévitch, como "a irreversibilidade do devir que é o *páthos* fundamental da existência", naquela noite na aldeia eu via outra coisa no desapego de meus parentes: um soberbo desprezo pelo desgaste da vida e pela inelutabilidade do fim, a recusa de conformar-se ou sujeitar-se aos ritmos biológicos impostos pela longevidade média do homem. A dança não era apenas o meio de eliminar a dor do corpo e expurgar a tristeza. Ela fazia parte de uma transformação dos ritmos vitais e refletia também uma concepção do tempo que visava prolongar a vida humana. Permitia a reinvenção da entropia natural, que foi sempre a vocação do homem, e a reformulação da economia de nossas existências. Pois o tempo que se alonga muda forçosamente os estilos de vida e os postulados relacionais: um velho que dança com vontade rejuvenesce os menos jovens que o cercam, o que modifica a dinâmica dos sentimentos. Afinal, as exéquias de meu pai revelavam a possibilidade de faixas de vida mais longas – em suma, um rejuvenescimento metafísico. Ao olhar a multidão, eu pensava em Balzac: "A morte é mesmo certa, vamos esquecê-la".

Cantos e danças só pararam por um momento quando meu primo, o rei dos *banas*, tomou a palavra para dizer que meu pai tivera "uma vida intensa, plena e útil para toda a comunidade", que desempenhara seu papel no tabuleiro de nossa existência coletiva. Por esse motivo, o rei proibia todo mundo de "chorar sua morte". Insistiu em que aceitássemos com serenidade que se tratava da partida para aquela outra viagem com os antepassados à qual nós, os vivos, não tínhamos direito: "O paradoxo essencial é que é preciso aceitar a ideia de morrer para ter o direito de viver. Esse contrato tácito que todos nós temos com a morte é a condição de nossa existência". Compreendi então que a morte é uma dialética metafísica que se impõe a nós. Pondo fim à vida tal como eu a conhecia, ela a tornava possível. Era ao mesmo tempo o obstáculo derradeiro e a revelação indispensável.

A angústia metafísica sentida diante da morte era apagada pela necessidade coletiva de lucidez. Já não tínhamos a ilusão fundamental costumeira, a "trapaça essencial" de que falava Vladimir Jankélévitch, que consiste em acreditar que a morte é para os outros, para os vizinhos, para os que passam na rua, mas não para si mesmo. O além aparecia como um mundo invisível adjacente ao mundo visível, sereno e tão legítimo quanto o de nossa existência cotidiana. A morte tinha de ser aceita como objeto de indiferença, fase banal de nossa caminhada terrestre. Cada um devia minimizá-la vivendo a vida plenamente. Protegido por uma visão também niilista da morte, entendi afinal a partida de meu pai como "um passeio pelo firmamento do destino", como diz Jankélévitch.

Ainda hoje, passados muitos anos, continuo a pensar em sua morte. Às vezes me pergunto se a consciência aguda que ele tinha da vida desapareceu com a morte – a extinção de seu corpo. Certos dias em que a saudade é mais intensa e julgo ouvir sua voz, seu riso irônico e suas lições de vida, sou levado a crer que seu espírito sobreviveu à decomposição do corpo e que ele, lá onde estiver, está me olhando com seu ar maroto. Será que a morte de meu pai me fez preparar melhor a minha? Terá despertado minha atenção para o aspecto irrelevante e efêmero da vida, como diziam os sábios da aldeia em suas palavras niilistas durante o enterro? Não tenho certeza. A violência sísmica de seu falecimento, a autenticidade do pranto de sua irmã Mami Marie e o profundo vazio criado por sua eterna ausência levaram-me com certeza a rever minhas prioridades de existência. Mas quanto mais penso nisso mais me parece que só aprendi a domar meu próprio sofrimento. O tempo passou, mas a tristeza continua perto de mim. A dor cristalizou-se um pouco em meu corpo, mas permaneceu viva em meu espírito. Talvez seja ela que dê sentido a meus passos.